KB019352

  * 책에 실린 글 가운데 편지나 일기는 임의로 제목을 붙였습니다.
 ** 소설, 시, 잡지 등은 원제 또는 한글판 제목에 준해 바꾸되, 일부는 가독성을 위
    해 우리말 독음으로 읽었습니다.
*** 기호의 쓰임새는 다음과 같습니다.
    『 』단행본, 장편소설, 잡지   「 」중·단편소설, 시, 그림, 영화

작가의 마감

다자이 오사무, 유메노 규사쿠, 우메자키 하루오,
호조 다미오, 기타하라 하쿠슈, 요코미쓰 리이치,
마키노 신이치, 호리 다쓰오, 다네다 산토카,
사카구치 안고, 다카무라 고타로, 나쓰메 소세키,
요시카와 에이지, 다야마 가타이, 아쿠타가와 류노스케,
무로 사이세이, 모리 오가이, 나가이 가후,
다니자키 준이치로, 기쿠치 간, 에도가와 란포,
하야시 후미코, 나오키 산주고, 이즈미 교카,
야마모토 슈고로, 미야모토 유리코, 오구마 히데오,
이토 노에, 이시카와 다쿠보쿠, 기시다 구니오,
『반장난』 편집부 지음
안은미 엮고 옮김

1장. 쓸 수 없다

2장. 그래도 써야 한다

3장, 이렇게 글 쓰며 산다

4장. 편집자는 괴로워

1장、쓸 수 없다。

작가의 초상

다자이 오사무太宰治

1909년 아오모리현 출생. 1930년 도쿄대 불문과에 입학, 공산주의 운동에 몰두하다가 작가가 되기로 결심하고 소설가 이부세 마스지 문하에 들어갔다. 1935년 『문예』에 실린 「역행」이 아쿠타가와상 후보에 오르며 문단의 총아로 떠올랐다. 복막염 치료를 받다 약물 중독에 빠지고 학교에서 제적당하는 등 시련을 겪으면서도 1936년 첫 단편집 『만년』을 출간했다. 1938년 이부세 마스지의 소개로 결혼하고 나서 안정을 찾고 많은 작품을 썼다. 1947년 전후 일본 사회의 혼란을 반영한 『사양』으로 인기 작가가 됐다. 1948년 5월 『인간 실격』을 완성한 뒤 6월 13일 서른아홉 살에 연인과 함께 다마강에 투신자살했다. 자살 동기는 밝혀지지 않았고, 죽기 직전 쓰던 「굿바이」가 미완성 유작으로 남았다.

「작가의 초상」은 1940년 3월 25일부터 27일까지 미야코신문에 연재된 글이다.

어떤 수필이든 열 매쯤 쓰지 못할 리 없건만, 이 작가는 벌써 오늘로 사흘이나 웅얼웅얼 읊조리며 쓰고는 조금 있다 찢고 또 쓰고는 조금 있다 찢고 있다. 일본은 지금 종이가 부족한 상황이라 이렇게 찢어대면 아까운데, 전전긍긍하면서도 그만 찢어 버린다.

말할 수가 없다. 하고 싶은 말을 쓸 수가 없다. 해도 되는 말과 해서는 안 되는 말의 구별이, 이 작가는 잘 되지 않는다. '도덕의 성질'을 아직도 이해하지 못하는 모양이다. 하고 싶은 말은 산처럼 많다. 정말로 말하고 싶다. 그때 문득 누군가의 목소리가 들린다. "무슨 말을 해도 당신, 결국은 자기변호잖아."

아니야! 자기변호 따위가 아니야! 서둘러 부정해봐도 마음 한구석에는 뭐 그럴 수도 있지, 하고 긍정하는 나약한 자신이 있다. 쓰던 원고지를 둘로 가르고 또다시 넷으로 가른다.

"나는 수필 집필이 서툰 게 아닌가 싶다." 이렇게 쓰기 시작하다가 얼마 지나지 않아 원고지를 찢는다. "아직 수필을 쓸 수 없는지도 모른다." 쓰고는 또 찢는다. "수필에는 허구가 용납되지 않기 때문에," 쓰다가 허겁지겁 찢는다. 꼭 하고 싶은 이야기가 하나 있지만 어쩐지 쓸 수가 없다.

목표 삼은 상대에게만 실수 없이 명중하고, 다른 좋은 사람에게는 티끌 하나 묻히고 싶지 않다. 나는 어설퍼서 뭔가 적극적인 언동을 하면 반드시 남에게 헛되이 상처를 입힌다. 친구들 사이에서 '쇠갈퀴'란 이름으로 불린다. 위로하고 쓰다듬을 마음이면서도 할퀴고 있다. 쓰카모토 도라지 씨가 쓴 「우치무라 간조와의 추억」*을 읽는데 이런 내용이 나왔다.

"어느 여름, 나가노현 구쓰카케 온천에서 선생이 장난으로 내 아이에게 더운물을 끼얹자 아이가 울음을 터뜨렸다. 선생은 슬픈 표정을 지으며 내가 하는 일은 다 이렇다, 친절이 도리어 해가 된다고 말했다."

그 대목을 읽고 잠시 감정을 억누를 수 없었다. 강 건너 둔덕으로 돌을 던지려고 팔을 크게 휘두르다가 바로 옆에 서 있는 여인을 팔꿈치로 쳐버린다. 여인은 아야! 비명을 지른다. 식은 땀을 흘리며 아무리 변명해도 여인은 언짢은 얼굴을 한다. 내 팔은 남달리 긴지도 모른다.

수필은 소설과 달리 작가의 언어도 '날것'이기에 매우 조심해서 쓰지 않으면 엉뚱한 사람에게까지 상처를 준다. 결코 그 사람을 말하는 게 아닌데도 말이다. 과장해서 말하자면, 나는 언제나 '인간 역사의 실상'을 하늘에 보고할 뿐이다. 사사로운 원

---

* 우치무라 간조(内村鑑三 1861~1930)는 무교회주의를 창시한 그리스도교 사상가이며, 쓰카모토 도라지(塚本虎二 1885~1973)는 그의 제자로 성서학자이다.

한이 아니다. 이렇게 말해도 사람들은 웃으며 믿지 않는다.

나는 상당히 얼간이 사내가 아닌가 싶다. 이른바 관념쟁이로, 말과 행동을 하기 앞서 관념을 내세운다. 하룻밤 술 한잔을 할 때도 뭔가 이유를 붙인다. 어제도 아사가야에 나가 술을 마셨는데, 거기에는 이런 사정이 있다.

어제 미야코신문에 보낼 수필을 쓰고 있었다. 하고 싶은 말이 있었지만, 도무지 써지지 않았다. 수필이 아니라 소설이라면 얼마든지 거침없이 써 내려갈 텐데, 하고 한 달 전부터 구상 중인 단편소설을 되새겼다. 뭔가 즐거이 쓴다면 소설로 현재의 울적한 심정을 토로하고 싶다, 그때까지는 소중히 간직해두고 싶다. 그 한 부분을 지금 수필로 발표해도 언어가 부족한 탓에 남이 오해해서 꼬투리를 잡아 싸움을 걸어오면 재미없다. 자중하자 싶어 어떻게든 어리석음을 가장하여 "오늘은 하늘이 맑게 개었으니 여느 때처럼 산책을 나가본다. 홍매, 일찍도 피었구나. 세상 만물에 사랑이 깃들어 있구나. 봄은 헛들지 않고 다시 온다" 식으로 시치미를 떼야겠다고 생각했다.

하지만 나는 몹시 서툴고 감정을 잘 숨기지 못하는 성격이다. 기쁜 일이 생기면 무심결에 싱글벙글하고, 하찮은 실수를 저지르면 어김없이 시무룩한 얼굴이 된다. 시치미를 떼는 일이 너무나 어렵다. 하여 이렇게 썼다.

"아무도 인정해주지 않아도 홀로 일류의 길을 걷고자 노력할 따름이다. 그래서 매일 쓸데없는 고생을 수없이 겪는다. 스스로도 바보 같다고 생각할 때가 있다. 혼자서 얼굴을 붉힐 때도 있다.

조금도 인기가 없지만, 나로서는 대단한 것을 만들 작정이기에 나설 때와 물러설 때를 알고 늘 신중하게 말하고 행동한다. 큰일 앞의 작은 일은 조심할 필요가 있다. 사소한 일 때문에 차질을 빚어서는 안 된다. 일상생활에서 불쾌한 일이 있더라도 배를 긁적이며 웃어야 한다. 조만간 걸작을 써낼 남자가 아닌가, 그럴싸한 말투로 이런 얼빠진 감상을 늘어놓는다. 머리가 나쁜 게 아닌가 싶다.

가끔 신문사로부터 수필을 청탁받고 용감하게 달려드는데, 이건 아니야 저것도 아니야 하며 쓰던 원고를 찢어버린다. 고작 열 매 내외 원고에 사흘이고 나흘이고 끙끙댄다. 대단하군, 독자가 무릎을 탁 칠 만큼 빛나는 수필을 이 작가는 쓰고 싶은 모양이다. 너무 깊이 고민하다 보니 이제 뭐가 뭔지 알 수 없는 지경에 이르렀다. 수필이란 어떤 것인가, 잘 모르겠다.

책장을 뒤져 책 두 권을 꺼냈다. 『베갯머리 서책』과 『이세 이야기』. 고전을 읽으며 일본 수필의 전통을 더듬어보자고 생각했다. 무슨 일이든지 우둔한 남자로다."

여기까지는 일단 크게 잘못된 곳이 없었지만, '그러나'로 이어 한 장쯤 쓰다가 이거 안 되겠네 하고 황급히 원고를 찢었다. 바로 그다음에 무심코 큰일을 누설할 뻔해서다.

　쓰고 싶은 단편소설이 하나 있다. 그 녀석을 완성하기 전까지는 다른 사람에게 나에 대해 어떠한 인상도 남기고 싶지 않다. 그건 상당히 힘든 일이다. 또 사치스러운 취미다. 나도 알고 있다. 그래도 되도록 그때까지 숨고 싶다. 시치미를 떼고 싶다. 나처럼 단순한 남자에게는 더없이 어려운 일이지만. 어제도 이런저런 생각으로 괴로웠다. 별문제 없는 수필 재료는 없는 걸까? 죽은 친구 일을 쓸까? 여행한 일을 쓸까? 일기를 쓸까? 나는 일기를, 지금까지 써본 적이 없다. 아니, 쓸 수 없었다.

　하루에 일어난 일 가운데 어느 것을 빼고 어느 것을 적어야 하는지, 취사선택의 범위를 모르겠다. 그 결과 무엇이든 전부 써버리는 통에 하루치를 쓰고 나면 녹초가 된다. 정확히 쓰고 싶은 마음에 될 수 있는 한 잠들기 직전까지의 일을 죄다 쓰다 보니 성가신 일이 된다. 미리 남에게 보일 날을 염두에 두고 써야 하는지 나와 신 단둘만의 세계라고 생각하며 써야 하는지, 그 마음가짐 역시 알기 힘들다. 결국 일기장을 사긴 해도 만화를 그리거나 친구 주소 등을 적어두는 정도지, 하루하루 일을 기록하진 않는다.

　반면 집사람은 뭔가 작은 수첩에 일기를 쓰는 모양이라, 그걸 빌려서 나의 주석을 달기로 마음먹었다. "당신, 일기 쓰는 것 같던데. 좀 빌려줘"라고 무심한 척 말을 건넸는데, 집사람은 무슨 까닭인지 한사코 응하지 않았다. "흥, 빌려주지 않아도 좋아. 그렇다면 술을 마셔야겠군." 대단히 뜬금없는 결론처럼 보이지만 그렇지 않다. 그것 말고는 이 수필에서 벗어날 길이 없으니 제대로 된 이유다. 나는 이유가 없으면 술을 마시지 않는다. 어제는 그런 연유로 짐짓 위엄을 부리며 아사가야로 술을 마시러 나왔다.

술집에서 무척 조심하며 술을 마셨다. 지금 가슴속에 큰일을 품고 있으니 멍청한 짓 따위 할 수 없다. 나이 든 대작가의 차분함을 흉내 내며 조용히 술을 마시는가 싶었는데 취기가 오르자 형편없이 망가졌다.

"사랑이 뭔지 알아? 사랑은 말이야, 의무 수행이야. 아, 슬프네. 또 뭐냐, 사랑이란 도덕 완수야. 또 뭐냐, 사랑이란 육체 포옹이야. 모두 납득할 만한 말이지. 그럴지도 몰라. 정답일지도 몰라. 하지만 또 하나, 또 하나, 또 뭔가 있다고! 알겠나, 사랑이란…… 나도 잘 몰라. 그걸 안다면…… 말이지." 두 명의 불량배 손님을 상대로 큰일이고 뭐고 맥 빠진 소리만 지껄이다가 잔뜩 취해 곯아떨어졌다.

" 이건 아니야 저것도 아니야 하며
쓰던 원고를 찢어버린다.
고작 열 매 내외 원고에
사흘이고 나흘이고 끙끙댄다. "

다자이 오사무

" 혹시 내 펜은
진실한 사건이 아니면
쓸 수 없게 된 걸까? "

슬럼프

유메노 규사쿠 夢野久作

1889년 후쿠오카현 출생. 1911년 게이오대 문학과에 입학, 1915년 돌연 출가해 2년 남짓 나라와 교토에서 수행했다. 그러다 환속해 규슈일보에서 신문기자를 거쳐 편집장으로 일하며 르포르타주나 동화를 쓰기 시작했다. 1926년 「괴이한 북」으로 잡지 『신청년』 현상 공모에 입선한 이후 추리소설 창작에 매진했다. 1929년 발표한 「삽화의 기적」이 에도가와 란포에게 극찬받으며 괴기하면서도 환상적인 작품을 쓰는 작가라는 명성을 얻었다. 특히 1935년 출간된 장편 『도구라 마구라』는 구상에서 탈고까지 10년 넘는 세월이 걸렸는데, 읽다 보면 정신이 이상해진다는 평을 들으며 일본 탐정소설 3대 기서로 꼽힌다. 1936년 3월 11일 마흔일곱 살에 뇌출혈로 사망했다.
「슬럼프」는 1935년 3월 탐정소설 전문지 『프로필』에 실린 글이다.

미안하기 짝이 없다. 요전번 청탁받은 원고, 한 번 마감을 미뤘건만 또 쓰지 못했다. 지독한 슬럼프에 빠져버렸다. 약간 자랑 같긴 한데, 나는 여태껏 슬럼프에 빠진 적이 한 번도 없다.

규슈일보에서 편집도 영업도 아닌 어중간한 일을 할 때 전문가 사이에서 명편집장이란 소리를 들었다. 더불어 '자유시사' 동인으로 유명한 가토 가이슌 선생한테 혼이 나갈 정도로 괴롭힘을 당한 덕분에 일에 있어 좋고 싫음도 전혀 없다. 전화나 신발 소리가 따르릉따르릉, 딸가닥딸가닥 뒤섞여 들려오는 판잣집 2층에서 죽도록 싫은 홍보성 기사와 비위 맞추는 기사, 원고 교정을 단숨에 척척 해낼 만큼 신경줄이 두껍다. 심지어 자신의 펜을 모독하고 짓밟는 일에 변태적 흥미와 긍지마저 느꼈다.

그러다 규슈일보를 그만둔 뒤 낑낑대며 쓰고 싶은 재료를 펜대에 가득 채운 채 산속으로 들어와 그 재료를 조금씩 짜내려는데, 산속 특유의 외롭고 고요한 분위기 탓인지 점점 펜촉이 제멋대로 굴기 시작했다. 네 번이고 다섯 번이고 전화기가 울려대는 와중에도 태연히 미끄러지던 펜이 파리의 날갯소리만으로도 멈추고 말았다.

나는 펜이 움직이는 동안에는 책상에서 한 발자국도 떨어지지 않았다. 세끼 식사는 물론이고 화장실에 가는 일조차 걸렸다. 그래도 한 시간에 원고지 다섯 매란 자랑스러운 창작 속도는 뚝뚝 떨어졌다. 하루 평균 두 매에서 다섯 매밖에 쓰지 못할 때는 정말이지 기가 막혔다. 어쨌든 고맙게도 펜이 느리나마 움직여주기는 하니 펜대를 부여잡고 또 부여잡으며 오늘까지 버텨왔다. 하지만 최근…… 이라고 해도 지난해 말부터 펜이 전혀 움직이지 않는다.

왜 그런지 모르겠다.

지난해 12월 초순의 일이다. 취미 삼아 쓰던 천 매가량의 장편*을 완성해 한 출판사로 보내고 나자 한동안 머리가 멍했다. 그러던 차에 12월 초 마감에 맞춰 모 잡지사에 보냈던 원고가 고쳐 써달라는 정중한 메모와 함께 반송돼 왔다. 이미 예고까지 나간 상태라 열심히 고치기 시작했는데 아무리 해도 주문대로 되지 않았다. 그 잡지의 주문에 맞추다 보면 줄거리가 도무지 기분 좋게 흘러가지 않으니, 자기만족일지 몰라도 결국 원래 구성으로 되돌아가고 만다. 몹시 당황한 나는 다른 여러 편의 미완성 원고를 제쳐두고 그 원고에 더욱더 파고들었다. 그럴수록 빗자루로 시궁창 흙을 휘젓듯 펜촉이 무거워지고 이곳저곳에서 악취가 확확 코를 찔러 빼도 박도 못했다.

글을 쓰다 막다른 길에 다다르면 보통은 제일 먼저 술을 마신다. 아니면 마음껏 미쳐 날뛴다. 그렇게 해서 엉겨 붙은 신경 하나하나가 풀리면 동시에 꽉 막혔던 생각도 풀려서 어떤 글이

* 유메노 규사쿠의 평생 역작인 『도구라 마구라』를 말한다.

든 술술 쓰리라는 사실은 잘 알고 있다. 다만 유감스럽게도 이런 타개책은 원기가 왕성하고 근력이 센 사람이나 가능한 일, 몇 번이나 죽을 뻔한 겉만 멀쩡한 내겐 맞지 않는 소생법이다.

그래서 슬럼프에서 벗어나기 위해 나만의 타개책을 써봤다. 지금껏 일에 지쳤을 때 자주 쓰던 방식인데, 중학교에 다니는 큰아들이나 집에 놀러 오는 시골 청년을 잡아끌고 근처 산과 들로 나가 무작정 걸어 다니다가 녹초가 되어 집으로 돌아왔다. 마루를 가까스로 기어오를 만큼 고된 운동으로 꿈 하나 꾸지 않고 숙면한 다음 날, 한 번 더 낮잠에 빠졌다 눈을 뜨면 여느 때와 마찬가지로 경쾌하게 원고를 줄줄 써 내려가리라 믿고 책상 앞에 앉았다. 어찌 생각이나 했으랴, 단 한 줄도 써지지 않았다. 게다가 쓰다 만 문장이 너무너무 불쾌했다. 고칠 엄두조차 안 날 정도로 시시하게 느껴졌다. 이따위를 발표할 마음으로 쓰기 시작했단 말인가, 자신에게 정나미가 떨어졌다.

또 달랑 옷만 걸친 채 집을 뛰쳐나왔다. 지도고 뭐고 아무것도 없이 산과 들을 무턱대고 돌아다녔다. 사투리가 다른 산 너머 마을 길가에서 처음 보는 아이와 놀거나, 무슨 신을 모시는지도 모르는 신사에서 소원이 적힌 그림판을 둘러보거나, 저수지에 돌을 던졌다. 그야말로 마음속 깊이 룸펜 기분을 만끽하며 안내판 하나 없는 산골짜기에서 시간을 보내다가 문득 정신을 차리고 집으로 돌아왔다. 이후 이상한 일이 벌어졌다.

문장은 한 줄도 못 쓰면서 하이쿠와 센류와 와카*는 써진다. 물론 변변한 작품이 나올 리 없다. 와카는 대본교의 창시자 데구치 오니사부로 정도, 하이쿠나 센류도 평균 이하로 엉성한 수준이다. 그런데 나오는 속도에는 깜짝 놀랐다. 한 시간에 하이쿠나 센류가 이삼십 수, 와카가 열네댓 수쯤은 줄줄 나오니 공책이 금세 가득 찼다. 나중에 다시 읽어봐도 감탄스러운 게 하나도 없길래 불끈한 나머지 그 공책을 길가 똥구덩이 속에 처박았지만, 지금 생각해도 전혀 아깝지 않다. 요즘도 열일고여덟 자 또는 서른한두 자를 나열할 뿐이라면 한 시간에 이삼십 수는 예사로 나온다. 에도시대 가인 이하라 사이카쿠가 하루 만에 하이쿠를 이만 수 넘게 지을 때도 이렇지 않았을까, 좀 주제넘은 생각이려나.

그러나저러나 지난해 말부터 내 머리가, 아니 내 펜이 이상해진 것은 이제 의심할 여지가 없다. 쓰고 싶은 재료가 이토록 많고, 또 쓰고 싶어 좀이 쑤시는 데도 한 줄도 쓸 수 없다면 당연히 그 책임은 펜에 있는 게 틀림없다.

나는 이 슬럼프의 원인이 무엇인지 도통 모르겠다. 쓰고 싶은 재료는 산처럼 쌓여 있건만 쓸 수 없다니! 펜을 빼앗긴 채 먼

---

* 셋 다 모두 일본 고유의 정형시. 하이쿠는 5·7·5의 열일곱 자, 센류는 하이쿠에서 파생되어 에도시대에 유행한 풍속시, 와카는 5·7·5·7·7의 서른한 자로 되어 있다.

바다 외딴섬에 유배된 듯 애달프다. 지루하다. 쓸쓸하다. 나이든 탓이라고도, 벽에 부딪친 탓이라고도 생각하고 싶지 않다. 내 펜의 방자함이 절정에 다다랐다고 생각하련다. 그게 지금 내 기분에 딱 들어맞는다.

이 정도 글을 썼으면 슬럼프가 아니잖아…… 라고 놀리지 말아 주시길. 실은 나도 신기하기 그지없다. 도저히 원고를 쓸 수 없어 사죄할 마음으로 펜을 들었는데, 펜촉이 거침없이 움직이더니 어느덧 긴 글이 되어버렸다. 다시 읽어보니 결코 재미있는 문장은 아니다. 그래도 내 심정만큼은 그럭저럭 담고 있다.

대체 어떻게 된 일일까? 슬럼프에 빠진 펜이 슬럼프에 관한 일만은 줄줄 써 내려가다니, 이 무슨 얄궂은 현상이란 말인가. 심리학자는 이 이상한 현상을 뭐라고 설명하려나. 혹시 내 펜은 진실한 사건이 아니면 쓸 수 없게 된 걸까, 마음에도 없는 거짓말을 써대는 일에 이제 질려버린 걸까?

만일 그렇다면 큰일이다. 창작이란 대개 가짜로 지어내는 일이니, 앞으로 지어낸 이야기 즉 소설을 영원히 쓸 수 없게 된다. 이거, 창작의 세계에서 목매 죽게 생겼다. 아, 어떻게 하면 좋을까? 어떻게 하면 이 곤경에서 벗어날 수 있단 말인가. 창작의 세계에서 되살아나는 일은 영영 불가능한 걸까? 그림이나 와카, 하이쿠를 짓는 것 말고 다른 살길은 없단 말인가.

독감기

우메자키 하루오 梅崎春生

1915년 후쿠오카현 출생. 1936년 도쿄대 국문과에 입학, 동인지 『기항지』를 창간하는 한편 『와세다문학』에 첫 소설 「바람 잔치」를 발표했다. 1940년 졸업 후 사무직원으로 일하다가 해군에 소집되어 암호병으로 복무했다. 1946년 서른한 살 때, 해군 시절 경험을 바탕으로 허망한 죽음 속에서 전쟁의 의미를 성찰하는 「사쿠라섬」을 써서 주목받았다. 그해 잡지사를 그만두고 전업 작가로 활동하며 전후의 열악한 환경에서도 열심히 살아가는 사람들의 모습을 사실적이되 유머러스하게 묘사한 작품을 다수 남겼다. 1954년 「낡은 집의 춘추」로 나오키상을 수상했다. 1965년 7월 19일 쉰 살에 간경변으로 세상을 떠났다. 「독감기」는 1958년 1월 잡지 『풍보』에 실린 글이다.

드디어 독감에 걸리고 말았다. 이번 독감은 성질이 고약해서 열이 일주일이나 계속된다는 소문이 났기에 무서워서 최대한 조심했다. 외출도 하지 않고 칫솔질도 게을리하지 않고 틈만 나면 이불 속을 파고들었다. 그런데도 결국 당해버렸다. 11월 27일의 일이다.

나는 남들에 비해 일거리가 적은 편이지만 주간지 연재를 한편 하기에 일주일이나 앓아누우면 금세 휴재 사태가 벌어진다. 게다가 이맘때는 잡지 『신조』 신년호 마감도 잡혀 있다.

아침에 몸이 오슬오슬 떨리길래 체온을 재어보니 37.4도였다. 이거 큰일 났다 싶어 곧장 감기약을 먹고 이불 속으로 들어갔다. 열은 시시각각으로 올라 오후에는 38.5도까지 올라갔다. 그때 『신조』 편집부의 다나베 군으로부터 전화가 걸려 왔다. 원고 독촉이다. 가족이 받아 체온이 38.5도나 된다는 사실을 알리자 앞으로 사흘간 무슨 수를 써서라도 한 편을 써내라는 답이 돌아온 모양이다. 요컨대 다나베 군은 나의 독감을, 꾀병이라고 의심하는 게다.

어째서 그는 의심하는가? 거기에는 사연이 있다. 일주일쯤 전, 그에게 농담을 건넸다. 11월 27일 열리는 문예춘추제에 갈 작정인데 분명 거기 모인 많은 사람한테서 감기가 옮아 다음 날부터 몸져누워 당신네 일을 못 하게 될지도 몰라. 그러자 다나베 군은 말 같잖은 소리 마세요, 하며 얼굴을 찌푸렸다. 28

일부터 아플 예정이던 나는 하루 앞당겨 27일 감기에 걸려버린 탓에 결국 문예춘추제에 가지 못했다.

다행히 이튿날인 28일 아침에는 몸조리를 잘한 덕분인지 열이 37.2도까지 내려갔고, 오후에도 37.5도에 머물렀다. 때마침 다나베 군이 사나운 발소리를 내며 찾아와 방으로 들어왔다. 어엿한 환자인 만큼 머리맡에는 약봉지와 약병, 체온계, 물병과 컵, 구강세척제 등 간호 도구가 놓여 있다. 얼핏 봐도 단순한 장난이 아니라 진짜 병으로 드러누워 있음을 알도록 해놓은지라, 나를 보자마자 다나베 군은 낙심한 목소리를 냈다.

"정말 감기에 걸리셨군요?"

"정말이야."

나는 애써 가냘프고 쉰 목소리로 대답했다.

"보면 알잖아."

"열은요?"

"응. 38.7도나 돼."

37.5도라고 진실을 말하면 당장 일어나 글을 쓰라고 강요할 게 뻔했기에 순간적으로 기지를 발휘해 1.2도 속여 말했다.

"그래요? 38.7도나 된다고요?"

다나베 군은 믿는 눈치였다.

"얼음베개 베는 게 어때요?"

"응. 39도대까지 올라가면 얼음베개로 바꿀 거야. 38도대에서 쓰면 버릇이 되거든."

"어라, 탐정소설 읽으셨어요?"

머리맡에 쌓인 탐정소설을 눈여겨보며 그가 물었다.

"응. 읽으려고 했는데 열 때문인지 도무지 머리에 들어오질 않네."

뭐, 그가 올 때까지 열심히 탐독했지만 그런 티를 조금도 낼 수는 없지. 나는 체온이 38.7도나 된다고 속으로 되뇌면서 애처로운 목소리를 짜냈다.

"묘수풀이 책도 펼쳐봤는데 역시 열이 38.7도나 되니 무리더라고."

"그야 그렇겠죠."

"바둑 얘기를 하니까 생각났는데, 두 점 깔고도 자칭 2단인 오자키 가즈오 작가를 박살 냈던 일을 들려줬던가?"

"네? 두 점 접어주고도 작살냈다고요?"

"그렇다니까. 간스이로여관에서 박살을 내줬지. 두 점 접바둑을 둬서 성적은 3승 3패로 무승부. 뭐, 당연한 결과지."

"그거참, 안됐네요. 약한 사람을 너무 괴롭히지 않는 편이 좋아요."

"응, 약한 자를 괴롭히고 싶지는 않아. 근데 매번 서비스만 해줄 순 없으니까."

"오오카 쇼헤이 작가와는 어떻습니까?"

"응, 그 녀석도 조만간 작살내 줄 셈이야."

그런 식으로 바둑 잡담을 나누다가 다나베 군은 돌아갔다.

"그럼 몸조리 잘하세요."

원고는 단념한 듯 보였다. 여기까지는 평범한 일기지만 그 뒤 큰일이 났다. 다나베 군이 돌아가자마자 무심코 체온계를 집어 겨드랑이에 끼운 채 5분 있다 꺼내 보곤 악 소리를 질렀다. 체온계의 수은이 38.7을 가리켰다.

"와, 진짜 야단났네."

몹시 당황스러웠다. 다행히 그 38.7은 한 시간 정도 지나자 원래의 37.5로 돌아왔다. 이상한 일이다. 생각건대 다나베 군과 대화하는 동안 38.7도나 된다, 38.7도나 된다고 마음속으로 바지런히 염불하니 그에 몸이 감응하여 혹은 의리를 지키려고 갑자기 38.7까지 올라간 게 틀림없다. 염불을 그만뒀더니 곧바로 제자리로 돌아온 걸 보면 알 수 있다.

이것으로 다나베 군에게 거짓말을 하지 않은 게 되어 양심의 가책을 느끼지 않고 끝이 났다. 양쪽 다 축하할 일이다. 이상, 인간이 굳게 믿으면 어떻게든 된다는 허술한 일장 연설.

" 체온이 38.7도나 된다고

속으로 되뇌면서

애처로운 목소리를 짜냈다. "

우메자키 하루오

"   그렇다.
이제껏 원고를 쓰지 못한
핑계를 늘어놓았을 뿐이다.   "

쓰지 못한 원고

호조 다미오 北條民雄

1914년 경성 출생. 1933년 열아홉 살 때 한센병에 걸려 도쿄 근교 국립요양소 다마전생원에 입원한 뒤부터 글을 쓰기 시작했다. 다마전생원은 기관지 겸 문예지 『산앵』, 『뻐꾸기』 등을 발행했는데, 그는 같은 한센병 환자였던 시인 미쓰오카 료지의 권유로 동화 「귀여운 폴」, 「제비꽃」을 실었다. 습작을 보낸 것을 계기로 가와바타 야스나리와 편지를 주고받으며 문학 수업을 이어갔고 1936년 『문학계』에 「생명의 초야」를 발표했다. 자신의 비극적인 숙명과 한센병 격리 시설의 참혹함을 사실적으로 묘사한 「생명의 초야」는 그해 아쿠타가와상 후보에 올랐다. 이후 「한센병 가족」, 「안대기」 등을 쓰며 창작열을 불태우다가 1937년 12월 5일 스물세 살에 생을 마감했다.

「쓰지 못한 원고」는 1935년 3월 아동 문예지 『뻐꾸기』에 실린 글이다.

오늘은 2월 27일이다. 저녁부터 비가 내리기 시작하더니 밤이 될수록 점점 세차게 쏟아진다. 책상 앞에 앉아 있으면 주룩주룩 낙숫물 떨어지는 소리가 들려온다. 때때로 어딘가 멀리서 밀물이 밀려왔다 밀려가듯 바람이 불어댄다. 지금 너무나 기분이 우울하다.

빗소리를 들으면 이상하게 마음은 쓸쓸해도 생각을 정리하는 데는 제법 도움이 된다. 비가 많이 내리는 곳에서 태어난 탓인지 나는 비라는 녀석이 좋아서 미치겠다. 여름비, 겨울비, 봄비. 어느 계절에 내리는 비라도 저마다의 정취가 마치 포근한 솜처럼 기분 좋게 머리를 에워싼다. 그래서 비가 오는 날에는 보통 때보다 두 배 정도 글이 잘 써진다. 아니, 뭔가 쓰지 않고는 못 배긴다.

하지만 오늘 밤은 어찌 된 일인지 전혀 쓸 수가 없다. 원래 아이를 좋아한다. 이리저리 뛰어다니며 장난을 치고 작은 입술로 어른처럼 건방진 말을 하는 모습을 보면 귀여워서 참을 수 없을 정도다. 그런데 이 무슨 일이란 말인가. 막상 아이를 위한 글을 쓰려고 하니 아무것도 쓰지 못하겠다. 미쓰오카 료지 군으로부터 뭔가 써달라는 말을 들은 지 벌써 날이 꽤 흘렀다. 마감일이 다가오니 (때마침 비마저 내린다) 오늘 밤이야말로 꼭 써야겠다고 마음먹고 책상 앞에 앉았다. 거기까지는 좋았건만, 단 한 줄도 써지지 않았다.

나는 살짝 혼잣말하는 버릇이 있다. 실은 아까부터 빗소리를 들으며 "난감하네", "난감할세그려", "정말 곤란하구먼" 따위의 말만 중얼거리는 형편이다.

　정말로 글이 써지지 않는다. 특히 한센병 병원의 아이들을 머릿속에 그리며 쓰려고 하니 난처하기만 할 뿐 어찌해야 할지 모르겠다. 나날이 병들어가는 그 아이들, 땅에서 막 싹튼 듯한 아이 또는 하늘에서 갑자기 내려온 천사 같은 여자아이를 떠올리면 아무래도 어른의 멍청한 면만 뚜렷해져서 조금의 트집도 잡을 수가 없다. 이 말이 거짓말이 아닌 게, 자꾸 나의 얼빠진 얼굴이 보인다. 그런 자신과 마주할 때의 나는 또 얼마나 새치름한가.

　물론 아이들에게 '생각의 실마리'를 던져주거나 '태양' 이야기를 해주는 것은 참으로 훌륭한 일이다. 그것이 아이를 향한 애정이자 성의이리라. 나처럼 비뚤어진 사람도 뭐라 할 말이 없다. 오히려 남몰래 경의를 표하는 바다. 다만 너도 그런 글을 써보면 어떻겠느냐는 말을 들으면 왠지 거북하다. 심지어 억지로 써야 하는 상황이라면 마지못해 여행의 외로움이나 시름 따위를 대충 끼적인 다음 빗소리라도 듣는 수밖에 없다. 나도 이런 내가 결코 좋지만은 않다. 아니, 너무 싫다. 질색해봤자 어찌할 도리도 없지만.

　그래서 일단 힘을 내서 뭐라도 써보자 싶어 『뻐꾸기』의 과월호를 펼쳐보거나 동화를 두세 편 훑어본다. 끝내는 『작가의 일기』까지 꺼내 읽기 시작한다. 도스토옙스키는 아이를 무척 좋아했던 모양인지 일기든 소설이든 여기저기에 아이를 그려 놓았다. 문제는 『작가의 일기』 같은 책을 읽다 보면 자신이 뭔가 쓰기보다 남의 글을 읽는 편이 훨씬 기분 좋다는 사실을 깨닫기에 더는 펜을 들 마음조차 생기지 않는다는 것이다. 특히 동화는 "음, 그렇지. 음, 그렇군" 감탄하며 새삼 나 같은 놈이 나설 자리가 아님을 뼈저리게 느끼고 만다. 결국 혼잣말을 중얼거리며 멍하니 빗소리를 듣는 처지에 이른다.

이제 그만둬, 변명하지 마. 누군가 말하는 소리가 들리는 것 같다. 그렇다. 이제껏 원고를 쓰지 못한 핑계를 늘어놓았을 뿐이다. 나도 알고 있다. 마지막으로 핑계가 아닌 말을 하나 적어두기로 하자. 물론 나의 말은 아니다. 도스토옙스키의 『카라마조프가의 형제들』에 나오는 말이다.

"분노라고요! …… 그래요, 바로 분노죠! 어린아이한테도 위대한 분노가 있답니다. …… 아니요, 당신네 아이들이 아니라 우리 아이들 말입니다. 비록 남에게 멸시당해도 결백한 마음을 지닌 우리 아이들은 아홉 살 나이에 이미 세상의 진실을 터득한답니다."

서재와 별

기타하라 하쿠슈北原白秋

1885년 구마모토현 출생. 1904년 와세다대 영문과에 입학, 이듬해 와세다학
보 현상 공모에서 신체시 「전도각성부」가 입선하며 시단에 데뷔했다. 1909년
일본에서의 그리스도교 선교사 이야기를 그린 시집 『사종문』으로 명성을 쌓았
다. 탐미파 동인 '빵의 모임'을 조직해 관능미 넘치는 시를 주로 짓다가 1918년
가나가와현 오다와라로 이사한 뒤 아동문학가 스즈키 미에키치가 창간한 『빨
간 새』에 동요와 아동시를 다수 발표했다. 1926년 도쿄로 집을 옮긴 그는 문예
지 『근대풍경』, 『신시론』을 발행하며 당대 시단을 이끌었다. 한국 문인과도 인
연이 깊은데, 김소운이 기타하라의 문하에서 시를 공부했고 유학생이던 정지용
이 『근대풍경』에 시 「카페 프랑스」 등을 발표했다. 1942년 11월 2일 쉰일곱 살
에 세상을 떠났다.
「서재와 별」은 1930년 6월에 발표된 글이다.

"도쿄에는 별님이 없네요."

우리 집 아이는 자주 말한다.

"아, 아, 나에게는 서재가 없어."

그 아버지인 나의 탄식이다.

오다와라 덴진산의 하늘은 온갖 별자리로 가득했다. 자연 풍광도 매우 환하고 빼어났지만, 위층 발코니나 침실에서 올려다보는 밤하늘의 아름다움은 참으로 남달랐다. 그 별들이 도쿄에 오니 거의 눈에 보이지 않는다. 그나마 야나카 묘지는 마음에 든다. 어쩌다 맑게 갠 만월의 밤이면 풋풋한 목성이 반짝반짝 빛난다. 아쉽게도 우리 집 마당에서는 보리수나 모밀잣밤나무 수풀에 가려 아이의 눈동자에는 비치지 않는다.

도쿄 야나카 집은 넓은 마당에 울창한 나무, 긴 차양이 예스럽고 우아해서 여유로운 분위기를 풍긴다. 그런데 모든 방에 햇빛이 곧바로 들이치지 않아서 눅눅하다. 완전히 개방되어 있던 오다와라 집과는 너무나 다르다. 아이가 걷기만 해도 흔들릴 만큼 지진으로 반쯤 무너졌을지언정 저쪽 집은 계절마다 바람과 빛을 더없이 고스란히 받아들였다. 마치 초목이나 곤충의 세계에 셋방살이라도 하듯 자연을 마음껏 즐겼다. 서재도 거실이었다가 침실이었다가 때론 객실이었다가 식당이었다가 심지어 아이 놀이방이나 공장 비슷한 공간이 되는 어수선한 가운데 기분 좋은 통일감이 있었다. 손님도 드물고 소음도 없으니

늘 독서와 사색과 창작으로 시간을 보냈다. 그 모든 것을 도쿄에 와서 잃어버렸다.

5월에 이사한 나는 아직 이 집에 적응하지 못한 채다. 어느 방이나 가지런하고 깔끔하지만, 그만큼 오히려 압박감이 느껴진다. 어느 방에 책상을 들여놓아도 마음이 안정되지 않아서 여기 앉았다 저기 앉았다 한다. 무엇이든 어지러이 팽개쳐 둘 방이 없다. 고아한 정취가 있어 좋은 집이긴 한데 멍하니 시간을 보낼 수가 없다. 게다가 손님이 많은 날에는 서른 명이나 된다. 처음에는 돈 뜯으러 오는 건달까지 있었다. 하는 수 없이 나무패에 '면회일은 목요일'이라고 적어 현관문에 걸어 놓았다. 하지만 진심으로 이쪽 일을 생각해주는 사람은 별로 없는 모양인지 무작정 찾아오기 일쑤고, 일부러 시간을 비워 손님을 기다리는 면회일에는 고작 한두 명밖에 오지 않는다. 그러다 중요한 면회일이 적힌 나무패까지 누군가 훔쳐 갔다.

도쿄에 오고 나서부터 하룻밤도 나만의 차분한 시간을 갖지 못했다. 이런 상황이 계속되면 망해버린다. 글을 쓸 수 없는 것만큼 괴로운 일은 없다. 병이 날 지경이다. 정말로 오다와라의 그 허물어진 '부엉이 집'*으로 돌아가고 싶다.

---

* 1919년 오다와라에 기타하라 하쿠슈가 지은 집의 이름으로, 현관 양옆에 작은 파란 유리창이 있는 모습이 마치 부엉이 얼굴 같아서 그렇게 붙였다고 한다.

" 글을 쓸 수 없는 것만큼

괴로운 일은 없다.

병이 날 지경이다. "

기타하라 하쿠슈

쓸 수 없는 원고

요코미쓰 리이치 橫光利一

1898년 후쿠시마현 출생. 1916년 와세다대 문과에 입학, 이듬해 신경쇠약으로 휴학하고 교토에서 생활하며 『문장세계』에 첫 소설 「신마」를 발표했다. 1920년 도쿄로 돌아와 기쿠치 간 문하에서 「파리」, 「태양」을 잇따라 써서 문단에 이름을 알렸다. 1930년 공장을 무대로 인간관계를 신심리주의 기법으로 그려낸 「기계」를 선보이며 예술파의 중심인물로 올라선 뒤 신문소설을 다수 연재하는 한편 아쿠타가와상 심사위원으로 활동했다. 1946년 10년 가까이 집필하던 장편 『여수』가 검열로 수정되거나 삭제되는 일에 충격받아 건강을 해친 끝에 1947년 12월 30일 마흔아홉 살에 생을 마감했다.

「쓸 수 없는 원고」는 1927년 8월 잡지 『문장구락부』에 실린 글이다.

아침에는 정신이 멍하다. 어떤 책에 3월생인 사람은 아침 몇 시간은 혼자 있어야 한다고 쓰여 있었다. 맞는 말이다. 나는 아침에 누가 찾아오면 그날은 종일 아무것도 하지 못한다. 아침 몇 시간 동안 내 머리는 받아들일 것을 모두 받아들이고 오후가 되면 축 늘어진다. 그럴 때면 방문객의 청중이 될 뿐이다.

스물대여섯 살까지만 해도 기후나 날씨 때문에 기분이 바뀌는 일은 없었다. 그런데 요즘은 날씨가 몸 구석구석까지 영향을 끼친다. 날씨는 서른 살을 넘긴 인간의 운명을 지배한다고 해도 과언이 아니다.

누가 원고를 부탁하면 일단 받아들인다. 하지만 대부분 쓰지 못하고 의리를 저버린다. 전에는 이런 일이 별로 없었는데, 날씨가 신체에 영향을 주면서부터 유독 잦아졌다. 부탁받으면 상대방의 성의를 봐서라도 어떻게든 맡아야 한다고 생각한다. 다만 맡았다고 해서 반드시 써야 한다고는 생각지 않는다. 왜냐하면 쓸 수 없을 때 쓰라고 하는 것은 집필자를 죽이는 일이라서다. 집필자를 죽이면서까지 원고를 받으려는 행위는 최초의 성의를 사욕으로 바꿔버린다.

원고 청탁을 받고 쓰지 않으면, 대체로 품격 낮은 잡지는 나중에 익명으로 못된 장난을 친다. 물론 보통 상태가 몽롱한 잡지만 그런다. 반대로 기질이 고매한 기자를 만나면, 쓰지 못해 의리를 저버렸더라도 내 쪽에서 언젠가 마음에 드는 글을 썼을 때 꼭 보낸다. 이런 의미에서 좋은 원고를 모으는 잡지사에는 어딘가에 맑고 명랑한 인격자가 숨어 있는 게 틀림없다. 인격자가 없는 곳에서 좋은 잡지가 만들어질 리 없다.

한 잡지로부터 원고를 부탁받고, 그것도 잡지기자가 다달이 세 번쯤 집으로 찾아오는데도 1년가량 쓰지 못했던 적이 있다. 그를 볼 때마다 억지로라도 써야겠다고 결심하면서도 융숭한 대접을 받아 놓고 무리까지 해서 시시한 원고를 준다는 게 실례 같아 마음마저 괴로우니 점점 쓸 수 없었다. 결국 1년간 원고를 건네주지 못하다가 이듬해 그해 가장 마음에 드는 글이 완성되자마자 곧바로 그 잡지기자를 찾아갔다. 그제야 오랫동안 지고 있던 빚을 갚은 듯했다.

어떤 사람은 "뭐든지 좋으니까"라고 말하기도 한다. 그렇다면 굳이 날씨까지 살펴 가며 쓰지 않아도 될 테지만, 이쪽으로서는 젊은 주제에 어떤 것이든 그대로 뽑아낸다는 식의 오만함이 좀처럼 생기지 않는다. 하나의 문장에 무심코 두 개의 접속어가 들어가기만 해도 작가라면 누구나 나중에 살이 에이는 아픔을 느끼는 법이다. 기자의 고심도 모르지는 않으나, 그건 저쪽의 고심일 뿐 이쪽의 고심이 아니다. 이쪽의 고심이 저쪽의 고심에 질질 끌려가다 보면, 돈으로도 되돌릴 수 없는 불쾌함이 뒤에 남는다.

나는 마감 일주일 전에 완성한 소설이 아니면 내놓을 마음이 들지 않는다. 쓴 직후에는 작품에 대한 객관성이 조금도 없는 탓에 남의 비평을 듣기가 무섭게 부글부글 끓어오른다. 그런데 일주일 동안 눈길이 안 닿는 벽장에 넣어 둔 채 완전히 잊고 살다가 꺼내서 다시 읽어보면 결점이 점점 보이기 시작한다. 이미 더는 고쳐 쓸 시간이 없을 만큼 마감이 코앞이라, 결국 조사 정도만 손봐서 내놓지만 말이다. 일주일간의 인내가 헛수고가 되는 순간이다.

일주일 후 벽장에서 원고를 꺼내 몰래 읽을 때, 우연히 누군가 방문하거나 해서 집안사람이 나를 부르면 지금까지 유지되던 객관성이 끊어진다. 이젠 다 틀렸다! 객관성을 되찾을 때까지 또 일주일이라는 시간이 지나야 한다. 이러다 보면 언제까지나 끝나지 않는다. 나는 그 끝없는 일을 한없이 하고 싶다. 한가로이 그 일을 되풀이한다면 어린아이처럼 마냥 행복해지리라.

하지만 생활이 있다. 돈이 필요하다. 그래서 생활이 예술보다 더 중요하다고, 자신을 타이르는 버릇이 느닷없이 튀어나온다. 정말 생활이 예술보다 중요하다면, 그런 삶 따윈 살고 싶지 않다. 이론과 감정이 프롤레타리아 예술처럼 지리멸렬해진다. 생활에 중점을 둘 것인가, 예술에 중점을 둘 것인가. 둘 중 하나를 선택하면 운명도 그와 함께 정해진다. 운명을 정하고 싶지는 않다. 단 한 번뿐인 인생에서 간단히 자신의 운명을 정하고 싶지 않기에 생활과 예술을 두 발에 신은 채 절뚝거리며 걷는 수밖에 없다. 그 절뚝절뚝 걸어가는 리듬의 음계가 흐렸다 맑았다 하며 작품이 태어난다. 그 사이에서 날씨와 잡지기자가 춤을 춘다.

가령 여태껏 앉아 있던 이 방은 땀이 날 만큼 더웠다. 갑자기 천둥과 번개가 내리치고 비가 억수로 쏟아진다. 재채기가 나왔다. 이제 펜을 쥐기가 싫다. "아, 시원하다!" 필사적으로 펜을 움직이는 동안 더위를 완전히 잊고 있다가 재채기를 하고 날씨가 시원하니, 이 시원함만 느끼고 싶다. 한번 보세요. 이 글은 필시 여기부터 가락이 바뀔 게 틀림없으니. 가락이 바뀌면 내 운명도 바뀔 게 틀림없으니. 새삼 바람의 위력을 실감한다. 바람은 실로 의지를 변화시키는 강한 힘이 있다.

지금 기분이 뒤숭숭하다. 바람이 어느새 비를 머금고 불어와서다. 나는 비바람이 싫다. 그런 까닭으로 평화를 사랑하는 소질이 충분하다. 평화를 사랑하는 마음을 확인하고 있을 때, 이 빗속을 뚫고 예의 그 잡지기자가 달려왔다. 응접실로 나갔다. 그는 솔직하고 용감하며 젊고 선하다. 하찮은 내 소설 한 편을 받으려고 벌써 석 달 전부터 여섯 번이나 우리 집을 방문한 터였다.

아직 소설은 완성되지 않았다. 하루에 한 매씩 써서 겨우 원고지 다섯 매. 그를 생각해서 요 며칠 전부터 책상 앞에 버티고 앉아 있긴 했지만, 도무지 수증기 때문에 머리가 돌아가지 않았다. 그는 마사무네 하쿠초* 선생의 소설이 결국 펑크 나서 정신이 없다고 했다. 마사무네 선생 같은 훌륭한 작가와 잡지에 함께 실리면 조금 시시한 글을 써도 괜찮을 듯한데, 그런 안심되는 작가가 달아나버렸다니! 글이 안 써질 때인 만큼 더욱더 난감했다.

쓸 수 없는 날에는 아무리 해도 글이 써지지 않는다. 나는 집 이곳저곳을 돌아다닌다. 문득 정신을 차려보니 화장실 안이다. 아니, 볼일도 없는데 여긴 뭐 하러 들어왔지. 밖으로 나오다 이번에는 격자문에 머리를 내리친다. "으음, 으음" 소리가 절로 나온다. 이따위 글을 써봤자 뭐가 된단 말인가. 그저 노동의 기록에 지나지 않는 것을.

* 마사무네 하쿠초(正宗白鳥 1879~1962) 소설가이자 비평가로 일본 자연주의 문학의 거장 가운데 한 명이다.

나의 생활에서

마키노 신이치牧野信一

1896년 가나가와현 출생. 1914년 와세다대 영문과 입학, 다니자키 준이치로의
소설을 읽으며 습작을 거듭했다. 1919년 단편「손톱」을 발표해 자연주의의 대
가 시마자키 도손에게 극찬받았다. 1920년『신소설』에 실린「볼록거울」로 첫
원고료를 받은 뒤 고향으로 돌아와 전업 작가로 활동했다. 1924년 아버지가 갑
작스레 죽자「아버지를 파는 자식」을『신조』에 발표했다. 어린 자신과 어머니를
버리고 자유로운 삶을 추구했던 아버지는 그에게 큰 상처였고, 이후 신경쇠약에
시달리며 육친 혐오적 작품을 주로 썼다. 1931년 도쿄로 이사한 뒤에도 작품은
점점 어두워지고 우울증은 심해졌다. 결국 1934년 홀로 가나가와에서 방랑하
며 글을 쓰다가 1936년 3월 24일 마흔 살에 고향 집에서 자살했다.
「나의 생활에서」는 1935년 8월 잡지『신조』에 실린 글이다.

올해 4월. 가방 하나 달랑 들고 미사키항과 조가섬 근처를 홀로 떠돌았다. 수필 비슷한 글을 가끔 쓰긴 했는데, 그달 안으로 반드시 단편소설 한 편을 잡지사에 보내야 했다. 그래서 온 힘을 다해 밤늦게까지 아등바등했지만, 아무리 해도 잘 써지지 않았다. 억지로 써 내려간 글을 다시 읽으면 보나 마나 활기가 없을 게 뻔해서 도무지 발표할 용기가 나지 않았다.

나도 벌써 십몇 년이나 문필가로 살아온 터라 특별히 대단한 자부심을 품고 있지는 않다. 다만 어떠한 경우든 표현상의 문제는 일단 단념할지라도 그 장르의 형식을 빌리지 않는 한, 더없이 명료한 하나의 의지가 작동하지 않는 한 결코 제대로 된 글이 나오지 않았다. 그 의지가 작동하지 않고 있었다. 몇 번을 고쳐 써도 소용없었다. 결국 쓰던 원고를 찢어버려야겠다고 결심했다.

하지만 금세 20일이 되었고 또 사나흘이 흘렀다. 3월 이후로 여기저기에 밀린 숙박비를 떠올리면 갑자기 심장이 경종을 울리듯 요동치니, 밤마다 그 미완성 원고를 붙잡고 마치 무대 위 주베에*처럼 번민하며 피를 토한다. 창밖으로 등대 불빛을 올려다보며 진실로 등대지기를 부러워한다. 좋든 싫든 그믐날이

---

* 일본 전통 인형극인 분라쿠 「명토의 보행꾼」의 남자 주인공. 유녀 우메가와를 사랑하여 번민하다가 횡령이 발각되어 동반 자살한다.

다가온다. 어쩔 수 없이 구겨진 원고지의 주름을 펴고 단숨에 해치울 작정으로 냉수욕을 하러 나갔다. 방으로 돌아오니 뜻밖에도 고향의 어머니한테서 등기우편이 와 있었다. 100엔을 봉투에 넣어 보내니 장남의 학자금으로 쓰라고 적혀 있다. 1년 가까이 고향에 돌아가지 않았을뿐더러 소식조차 전하지 않은 나였다. 간논자키 절벽으로 뛰어 올라가 우스꽝스러운 미완성 원고를 시원스레 발기발기 찢어 눈처럼 하늘로 날려 보냈다.

5월. 요코스카의 숙소로 돌아왔다. 마음을 다잡고 글을 쓰는 사이 날이 흘러 슬슬 심장이 경종을 울리려 했다. 때마침 고향의 어머니로부터 송금환이 도착했다. 또다시 미완성 원고를 찢어버리고는 홧술을 들이켰다.

6월. 애써서 치료한 지병이 재발해서 어머니와 둘이서 하코네 온천에 왔다. 어머니는 손자 일만 몹시 걱정하는 눈치다. 어머니와 자식은 사이좋게 술 한 병을 나눠 마시고 거나하게 취했다. 할머니와 아버지가 나란히 있는 모습을 찍어주려고 토요일을 맞아 아들이 놀러 왔다. 아들은 달마대사라도 된 양 으스대며 어리석은 아버지와 상냥한 할머니를 여관 안 밝은 살롱으로 끌어내어 사진을 찍어댔다. 나는 술을 잠시 끊고 낮에는 나비를 잡거나 밤에는 수면제가 들을 때까지 어머니와 함께 음악을 들었다.

7월. 훌쩍 여행을 떠날 예정이다.

" 또다시
미완성 원고를 찢어버리고는
횟술을 들이켰다. "

마키노 신이치

" 쓰려고 해도

쓸 수 없는 이유는 전적으로

마음의 평정을 찾지 못해서다. **"**

첨단인은 말한다

호리 다쓰오堀辰雄

1904년 도쿄도 출생. 1923년 간토대지진으로 어머니가 실종되자 며칠간 물속을 찾아 헤매다 흉막염에 걸려 휴학했다. 1925년 도쿄대 국문과에 입학, 동인지 『산누에』에 첫 소설 「단밤」을 발표했다. 스물네 살에 흉막염이 재발해 나가노현 가루이자와에서 요양하며 1930년 『개조』에 단편 「성가족」을 써서 호평받았다. 1934년 약혼하지만 약혼자 역시 같은 병을 앓아 이듬해 둘이 함께 요양소에서 치료하던 중 약혼자가 죽자, 1938년 그 경험을 바탕으로 쓴 『바람이 분다』를 출간했다. 순수한 사랑과 생명의 아름다움을 그려낸 이 작품으로 인기 작가가 됐다. 수년간 요양 생활을 하면서도 왕성한 창작 활동을 이어가다가 1953년 5월 28일 마흔아홉 살에 폐결핵으로 사망했다.

「첨단인은 말한다」는 1930년 11월 잡지 『신문예일기』에 실린 글이다.

글을 쓰려고 해도 도저히 쓸 수 없을 때가 있다. 그러면 맥없이 축 늘어져서는 글쓰기가 얼마나 어리석은 짓인지를 생각하며 공원으로 산책을 나간다. 그리고 공원 안에서 아이들이 끈끈이를 칠한 기다란 장대를 들고 잠자리를 잡으려고 쫓아다니는 모습을 바라본다. 그들이 부럽기 그지없다. 할 수만 있다면 글쓰기 따윈 내팽개치고 아이들과 어울려 놀고 싶다. 그만큼 글 쓰는 일이 고통스럽다.

그런데도 어째서 그만두지 않을까? 내가 한 시대 전 시인이라면, 괴로워서 쓰지 않을 수 없다고 말했을지도 모른다. 하지만 오늘날 시인은 알고 있다. 괴로운 인간이 괴롭다고 쓰는 글은 작은 새가 부르는 노래와 조금도 다르지 않음을 말이다. 요즘 누가 작은 새의 노래를 듣는단 말인가.

로맨티시즘의 시대는 이미 지나갔다. 오늘을 지배하는 것은 리얼리즘이다. 작가의 고통이 대중의 가슴을 때리려면 작가의 심장과 최대한 거리 두기를 해야 한다. 오늘날, 작가는 고통을 이용한 글쓰기가 금지되어 있다. 평정심으로만 써야 하는데, 그 평정심을 손에 넣기란 얼마나 어려운 일인지. 내가 쓰려고 해도 쓸 수 없는 이유는 전적으로 마음의 평정을 찾지 못해서다. 아이들이 잠자리를 노리는 것처럼 평정심을 손에 넣으려고 수없이 애써봤지만 실패했다. 보라, 눈앞에서 무심하게 놀아대는 아이들의 저 잠자리 잡는 솜씨를! 오, 나의 천사들이여!

잡언

다네다 산토카 種田山頭火

1882년 야마구치현 출생. 1902년 와세다대 문학과에 입학했다가 신경쇠약으로 중퇴하고 귀향해 1906년부터 아버지와 함께 술도가를 운영했다. 그러나 문학의 꿈을 접지 못해 1911년 스물아홉 살에 하이쿠를 쓰기 시작, 하이쿠나 와카 동인으로 활동했다. 1916년 술도가가 도산한 탓에 구마모토로 가서 고서점을 개업하지만 이 역시 실패, 얼마 뒤 남동생마저 자살했다. 열 살 때 투신자살한 어머니의 시신을 목격한 일이 트라우마였던 그는 자살 미수 사건을 일으켰고 1925년 마흔세 살에 출가했다. 이후 법의와 삿갓 차림으로 서일본 지역을 떠돌아다니며 하이쿠를 짓고 글을 썼다. 1932년 고향의 작은 초암으로 들어가 살다가 1940년 10월 11일 쉰여덟 살에 세상을 떠났다.

「잡언」은 1913년 1월 하이쿠 회람잡지 『새해 첫 파도』에 실린 글이다.

오늘 아침 생각지도 않게 『새해 첫 파도』를 받았다. 지난 호만큼 자랑스럽지 않다는 평에는 누구도 이의가 없으리라. 하이쿠가 대체로 느슨하다. 억지로 만든 듯한 흔적이 보인다.

나는 이번에도 하이쿠를 내지 못했다. 하이쿠를 짓지 못한 자가 이렇게 제멋대로 불평을 늘어놓다니. 미안하고 무례하기 짝이 없지만, 정말 어찌할 도리가 없다. 지금은 아무리 해도 하이쿠를 짓지 못하겠다. 하이쿠를 읊을 여유, 소재가 있어도 그걸 하이쿠로 표현할 만한 마음의 여유가 없다. 요즘 상당히 심신이 혼란스럽다. 그 탓에 가업인 술도가 일도 거의 돌보지 못할 만큼 분주하고 절박한 하루하루를 보내고 있다. 부디 저를 용서해주시길. 그리고 조금 더 시간을 주시길.

전환기를 맞아 회의감에 휩싸여 살아가는 나날이다. 하이쿠에 대한 여러분의 의견이 간절히 필요하다. 작품 비평 외에 소재나 작법을 듣고 싶다. 때때로 '왜 우리는 하이쿠를 짓는가'를 생각하고 논의하는 일은 무척 어리석으면서도 무척 의미 있는 일이라고 생각한다.

화려한 봄을 동경하는 다지미 셋카사이 군의 싱싱한 감정을 축복한다. 초록 너른 들판에 우뚝 솟은 떡갈나무 같은 에라 헤키쇼 군의 단단한 발걸음을 존경한다. 그리고 때마침 불어닥친 찬 바람에 재채기를 하고 쓴웃음 짓는 하쿠센·교 군의 기분을 동정한다. 세 사람이 저마다 보여준 태도에 마음이 흔들린다.

나도 나의 일부를 드러내고 싶다. 돌덩이처럼 딱딱하고 거친 나의 감정을 조금쯤 털어놓고 싶다. 길거리 광대가 군중 앞에 못생긴 수염투성이 얼굴을 드러내듯이!

내게도 봄이 있었다. 파란 꽃을 찾아 헤맸다. 노란 술을 마시러 다녔다. 불타는 빨간 입술을 빨아들였다. 강렬한 것, 참신한 것, 몸도 마음도 녹아버릴 만한 것. 사랑하는 연인을 괴롭혀 죽이고는 조각낸 고기 따위를 탐했다. 인생을 예술화하려고 몸부림쳤다. 몸부림치며 무엇을 얻었는가? 아, 오직 알코올 중독!

자기 비평은 세 명의 사생아를 낳았다. 자포자기, 은둔 그리고 자기파괴. 나는 그중 무엇과 결혼했는가……

깊은 구멍이 있다.
차가운 바람이 불다.
누군가가 걸어온다.
회색빛 안개 속에서
터벅터벅 걸어온다.
누구냐!
정신 차려라!
벌벌 떨지 마라,
어서, 어서,
우물쭈물하지 말고 어서 오라!

위험해, 조심해!
구멍이 있어,
깊은 구멍이 있어, 검은 구멍이 있어.
떨어진다! 차라리 뛰어들어라!
아, 그는…… 나는 쾅 하고 쓰러졌다!!!

인생에는 해결이란 없다. 다만 해결 비슷한 것은 하나 있다. 그건 죽음이다! 하고 누군가 외쳤다. 하지만 죽음 그 자체를 믿지 못하는 사람에게는 죽음 역시 해결도 뭣도 아니다! 인생이란 모순의 다른 이름이다. 모순에 뿌리내리고 핀 악의 꽃, 그게 예술이라고 믿었다. 지금도 그렇게 믿지만 동시에 예술은 아무래도 도락道樂이라는 느낌이 들어서 견딜 수 없다. 현실의 고통에 울고 웃다 보면 유행가라도 읊조리고 싶다. 한심하고 비참해도 어디까지나 사실이다. 방랑으로 얻은 가난한 수확에서.

아름다운 사람을 울리고 술을 마시며
장단이 맞지 않는 우스꽝스러운 춤을 춘다
여인숙 2층에서 굴러다니는 한 장의 신문을 읽으며
하룻밤을 지새운다
술을 마셔도 취기가 오르지 않는 사람은
그저 홀로 난간을 잡고 먼 구름을 본다

술이 깨서 마시는 물이 달듯이
홀몸으로 충분한 이 신세가 기쁘구나

　요전번 하이쿠 모임은 정말 유쾌했다. 지병인 떠버리병으로
여러분을 귀찮게 한 일을 사과한다. 그리고 하쿠센 군에게 그
토록 쓸데없이 수다를 떨었음에도 아직 부족하다는 말을 전한
다. 끝으로 잡지를 일곱 장가량 찢어버렸음을 고백한다. 오늘
밤은 묘하게 흥분한 상태라 붓 가는 대로 글을 쓰다가 정신 차
리고 처음부터 읽어보니 영 시답잖은 말뿐이었다. 미안하긴 했
지만 그대로 둬서 여러분의 기분을 망치기보단 낫겠다 싶어 찢
어서 휴지통에 던져버렸다.

" 몸부림치며

무엇을 얻었는가?

아, 오직 알코올 중독! **"**

다네다 산토카

위가 아프다

사카구치 안고 坂口安吾

1906년 니가타현 출생. 1926년 도요대 인도철학이론과에 입학, 불교서와 철학서를 읽고 독학으로 산스크리트어, 티베트어 등을 익혔다. 1931년 단편 「겨울바람 부는 술 창고에서」가 시마자키 도손에게 극찬받은 일을 계기로 작가의 길에 들어섰다. 1934년 친구 두 명이 잇따라 세상을 떠나자 잠시 방황의 시간을 보내다가 다시 창작에 매진했다. 1946년 패전 직후의 일본 사회를 분석한 평론 『타락론』과 단편 「백치」로 단번에 인기 작가가 됐다. 이후 소설과 수필, 역사 연구, 문명 비평 등 자신만의 시각으로 다채로운 집필 활동을 펼쳤다. 동시에 국세청과의 세금 소송, 경륜 부정 사건 등으로 세간의 주목을 받았다. 1955년 2월 17일 뇌출혈로 마흔아홉 살에 사망했다.

「위가 아프다」는 1950년 11월 잡지 『신조』에 실린 글이다.

원고를 쓰려고 마음먹은 날이 되자 오랫동안 잊고 있던 위경련이 일었다. 아직 밤 11시 30분이다. 댄스홀에서 밴드 소리가 들려온다. 나는 매일 저녁 대여섯 시께부터 일고여덟 시께까지 술을 마시고 바로 잔다. 그리고 밤 11시 30분이나 12시쯤 깨서 글을 쓰는 습관이 있다.

책상 앞에 앉으니 위가 아파 왔다. 속이 차가워 그런가 싶어 천을 배에 친친 감고 잠시 반듯이 누워 있었는데도 점점 더 심해져만 갔다. 참다못해 약을 사러 약국으로 달려갔다.

의사에게 진찰받고 모르핀 주사를 맞으면 금세 통증이 가시겠지만, 지금 신문소설을 연재하고 있다. 그것도 하루에 한 회씩 가까스로 보내는 형편이다. 상당한 양이 아니면 나는 모르핀이 잘 듣지 않는다. 들어도 곧장 잠들었다가 눈을 뜨면 온종일 토해대서 괴롭기 그지없다. 구역질이 너무 심하니 언제나 의사가 깜짝 놀란다. 그래서 온갖 방법을 다 쓰고 나서야 모르핀 주사를 놔달라고 한다.

통증은 제법 지독했다. 데굴데굴 구를 정도는 아니어도 새우처럼 몸을 웅크린 채 앓는 소리가 절로 나올 만큼 아팠다. 모르핀 주사를 맞아야 할 것 같았지만, 공교롭게도 신문소설이 기다렸다. 주사로 통증을 멈추면 잠들 테고, 눈을 뜨면 토하느라 고생할 텐데. 그러면 신문소설을 쓰지 못한다. 어쩔 수 없이 약으로 통증을 조금씩 잠재우며 밤새 일을 계속했다. 이게 좋지 않았다.

아침결에 신문소설 한 회분을 다 쓰고 났더니 일단 위의 통증은 가라앉았다. 그런데 실은 대폭발 뒤 화산처럼 밖으로 연기는 나지 않아도 화구 밑바닥에서 용암이 빠지직빠지직 무늬를 그리며 가스를 내뿜는 것과 비슷한 상태였다. 정말이지 화산을 품에 안고 살아가는 느낌이다. 살얼음 위를 걸어가는 기분이다. 몸의 굴절에 조심하지 않으면 갑자기 쿡쿡 아파 올 듯해 더는 책상 앞에 앉아 있을 수 없었다. 원고 마감을 미뤄달라고 부탁해보자 싶어 『신조』 편집부로 심부름꾼을 보냈지만 들어주지 않았다.

사흘이 지났다. 아직도 위에 화산을 품고 있다. 허리를 구부릴 때마다 살얼음을 밟는 것 같다. 물론 술도 마시지 못한다. 물 한 모금을 마셔도 그 결과를 불안한 마음으로 가만히 기다리는 나날인데 술은 무슨 술. 술을 안 마시면 잠을 못 자니, 사흘간 이부자리에 누워 책만 이삼십 권 읽었다. 눈이 아팠다. 이 동네는 전력이 약한 탓에 밤 11시 무렵까지 전등 불빛이 어두워서 딱 질색이다.

책상 앞에 앉아 상체를 굽힐 수 있던 때는 신문소설 쓰기에도 바빴던지라, 오늘은 어떻게 해서라도 『신조』 원고를 완성해야 한다. 그래서 책상 앞에 앉았건만 어쩐지 머리가 잘 돌아가지 않는다. 자꾸 생각이 끊기고 주의가 산만하다. 신경이 항상 위 쪽으로 얼마쯤 가 있으니 온 정신을 집중하는 통일감에 빠져들 틈이 없다. 하는 수 없이 방바닥에 누워 생각한다. 다시 책상 앞에 앉는다. 이렇게 같은 일을 되풀이하며 시간을 낭비하고 말았다.

시에 관해 말하지 않고

다카무라 고타로高村光太郎

1883년 도쿄도 출생. 1897년 도쿄예술대 조각과에 입학, 문학에도 뜻이 있어 요사노 뎃칸이 창간한 잡지 『명성』에 시를 투고했다. 1906년 미국으로 유학 갔다가 파리로 건너가 생활하며 프랑스문학에 심취했다. 1909년 귀국해 미술 비평에 뛰어들어 당대 미술계를 혹독하게 비판하는 한편 로댕과 관련된 책을 다수 번역했다. 1914년 첫 시집 『도정』을 자비 출판해 시인으로서의 재능도 인정받았다. 이후 조각가로 활약하며 자연과 인간, 사랑을 노래하는 시를 칠백여 편 가까이 남겼다. 특히 1941년 출간된 시집 『지에코초』는 아내 지에코를 향한 사랑을 소박한 언어로 읊어 영화나 드라마로 제작되며 많은 사랑을 받았다. 1956년 4월 2일 일흔세 살에 세상을 떠났다.

「시에 관해 말하지 않고」는 1950년에 발표된 글이다.

예전부터 시 강좌를 위해 시론을 써달라는 의뢰가 있었음에도 한 줄도 쓸 수 없는 심정이기에 쓰지 않고 있었다. 그러던 차에 편집자 한 명이 직접 만나 담판을 짓겠다며 집으로 찾아왔다. 조금 질려 더욱 고사했지만, 결국 쓸 수 없는 이유라도 쓰라고 해서 할 수 없이 펜을 든다.

막상 쓸 수 없는 이유를 쓰려고 하니 이게 또 좀처럼 써지지 않는다. 왜 쓸 수 없는지를 명확히 안다면 당연히 그 이유를 쓸 텐데, 사실 이유를 모르니 그저 '쓰지 못하겠다'고밖에 할 말이 없다. 시는 쓰면서도 시 그 자체에 관해 도저히 이야기할 수 없다니, 어째서 그럴까. 전에 단편이나마 시론 비슷한 글을 쓴 적이 있다. 그러다 점차 여러 가지 문제가 마음속에 쌓이고 복잡해지더니 이제는 아무것도 모르겠다. 요즘 들어 점점 더 암중모색하는 형편이다.

애초에 내 시는 실로 어쩔 수 없는 심적 운동에서 비롯됐다. 일종의 전자력처럼 내면에 쌓인 감정의 에너지를 밖으로 내보낼 뿐이라, 내 시가 과연 다른 이가 말하는 시와 같은지 아닌지조차 지금은 확실히 말할 수 없다. 나는 이제껏 메이지시대 이래 일본 시의 통념을 거의 밟아 뭉개며 걸어왔다. 이른바 '시마자키 도손—간바라 아리아케—기타하라 하쿠슈—하기와라 사쿠타로—현대 시인'이란 계열과는 다른 길이다.

다시 말해 시라고 하는 단어에서 느껴지는 특별한 기압을 무시하고, 생활의 막다른 절벽 맨 끝을 걸어가며 내부에 채워지는 뭐라 표현할 수 없는 감정을 언어 조형으로 내보내는 운동을 하고 있다. 조각이나 회화의 본질과도 전혀 다른 방향인데, 오늘날 예술 가운데 제일 가까운 장르를 찾으면 아마 음악이지 않을까. 불행하게도 음악의 세계를 조금도 몸에 익히지 못한지라, 어쩔 수 없이 언어로 내보낼 따름이다.

사실 언어의 의미가 방해되어 내 안의 감정을 참다운 모습 그대로 내보내기 어려울 때도 있다. 바흐의 협주곡을 들으면 그 무의미성이 무척이나 부럽다. 다만 언어로 내보내는 이상 언어가 지닌 의미를 꺼리면 언어유희에 빠지기 십상이라, 오히려 그 의미를 매개체 삼아 방전 작용을 일으키려 애쓴다. 그리고 방법과 기술, 형식과 감각을 다방면으로 깊이 연구한다. 일본어라고 하는 특수한 언어의 성질상, 실로 오랜 기본 연구와 대단히 눈 밝은 전망이 필요하기에 쉽사리 어설픈 사고방식을 고수하지 않는다.

여하튼 칼날 위를 걸어가는 처지이기에 자신만의 시를 온 힘을 다해 쓰고 있지만, 그 방식은 정말이지 어둠 속에서 더듬더듬 찾아가는 수밖에 없다. 언제쯤이면 확실한 시법을 갖게 될지, 시론을 남에게 이야기하게 될지 솔직히 지금으로선 모르겠다. 나는 이런 사람이며 또 이런 위치에 서 있다. 이걸로 지금 시론을 쓸 수 없는 이유를 쓴 걸까? 어찌 됐든 이러하다.

" 막상 쓸 수 없는 이유를

쓰려고 하니

이게 또 좀처럼 써지지 않는다. "

다카무라 고타로

어쨌든 쓸 수 없다네

나쓰메 소세키 夏目漱石

1867년 도쿄도 출생. 1893년 도쿄대 영문과를 졸업한 뒤 교편을 잡으며 가인 마사오카 시키, 다카하마 교시 등과 함께 하이쿠 동인으로 활동했다. 1900년 국비 장학생으로 선발돼 2년간 영국에서 유학했는데, 타지에서의 가난한 생활은 그에게 신경쇠약과 우울증을 남겼다. 1903년 귀국해 대학에서 영문학을 가르치던 중 기분 전환 삼아 글을 써보라는 다카하마 교시의 권유로 1905년 1월부터 이듬해 8월까지 『두견』에 『나는 고양이로소이다』를 연재해 호평받았다. 이후 『도련님』, 『한눈팔기』 등 걸작을 다수 남기며 '국민 작가'로 자리매김했다. 오랫동안 신경쇠약과 위궤양에 시달리면서도 마지막까지 펜을 놓지 않다가 1916년 12월 9일 마흔아홉 살에 생을 마감했다.

「어쨌든 쓸 수 없다네」는 1905년 12월 잡지 『두견』을 주간하던 친구 다카하마 교시에게 보낸 편지다.

다카하마 교시에게

14일에 원고를 마감하란 분부가 있었습니다만, 14일까지는 어렵겠습니다. 17일이 일요일이니 17일 또는 18일로 합시다. 그리 서두르면 시의 신이 용납지 않아요. (이 구절은 시인 조로) 어쨌든 쓸 수 없답니다.

오늘부터 『제국문학』 원고*를 쓰기 시작했는데, 시의 신뿐만 아니라 천신님도 나를 내치셨는지 전혀 쓰지 못했어. 아, 싫다. 이번 주 안으로 무슨 일이 있더라도 해치워야지. 그리고 남은 일주일 동안 『나는 고양이로소이다』를 완성해야지. 여차하면 억지로라도 끝을 내겠습니다.

지금 이러쿵저러쿵 이야기를 늘어놓는 건 아직 여유 부릴 만한 시간이 있어서야. 게이게쓰**가 『나는 고양이로소이다』를 평가하며 치기를 벗어나지 못했다고 했는데, 마치 자신이 소세키 선생보다 경험 많은 어르신인 듯한 말투로 썼더군. 아하하하. 게이게쓰만큼 치기 어린 싸구려를 쓰는 작자는 이 세상에 없지 않을까? 못 말리는 남자지.

---

* 1906년 1월호에 실린 단편 「취미의 유전」.
** 당시 문예평론가로 활약하던 오마치 게이게쓰(大町桂月 1868~1925)가 『나는 고양이로소이다』에 대해 "시적 정취가 있는 반면 치기를 벗어나지 못했다"라고 비평한 것을 말한다. 이를 읽은 나쓰메 소세키는 1906년 1월 발표한 7화 작중 인물 간 대화에 게이게쓰를 등장시켰다.

어떤 사람이 말하길 "소세키는 「환영의 방패」나 「해로행」은 무척 고심하며 쓴 모양인데, 『나는 고양이로소이다』는 자유자재로 써 내려가는가 봐. 그러니 소세키는 희극이 체질에 맞아." 시 쓰기가 편지 쓰기보다 품이 더 드는 건 당연하지 않나? 교시 군은 그렇게 생각지 않나? 「해로행」한 장이 『나는 고양이로소이다』 다섯 장 정도와 맞먹는 힘이 드는 건 당연한 일이야. 맞고 안 맞고를 따질 문제가 아니란 말이지.

참, 2층으로 집을 짓는다니 놀랐네. 10년 후에는 3층을 올리고 20년 후에는 4층을 올리면 죽기 전에 꽤 높이 짓겠는걸. 집 들이 때 불러주게. 요전에 아카사카에 나가서 간게쓰 군*과 게이샤를 모셨거든. 게이샤와 즐기는 일은 상당한 수행이 필요하다네. 기예보다 어려워. 앞으로 문장회는 시간이 되면 가고, 만약 초고를 못 쓸 것 같으면 못 가니 양해해주게.

1905년 12월 3일 일요일

---

* 『나는 고양이로소이다』의 등장인물. 집주인 구샤미 선생의 옛 제자이자 물리학자로, 실제로 나쓰메 소세키의 문하생이자 물리학자인 데라다 도라히코를 모델로 했다고 알려졌다.

다카하마 교시에게

시간이 모자라 어쩔 수 없이 오늘 학교를 쉬고 『제국문학』 원고를 썼습니다. 분량은 원고지 예순네 매가량. 실은 더 써야 했지만 시간이 빠듯해 뒤를 생략했습니다. 그래서 머리가 큰 괴짜가 탄생했습니다. 내년에 비평해주시길 바랍니다. 내일부터 힘내서 『나는 고양이로소이다』를 쓸 작정이지만, 쓰려고 하면 괴로워집니다. 누군가에게 대신 써달라고 부탁하고 싶을 정도입니다. 그래도 17일 아니면 18일까지는 보내겠습니다. 자네와 인쇄소가 입을 헤 벌린 채 기다리면 미안하니까.

1905년 12월 11일 월요일

의욕이 사그라들었다

요시카와 에이지 吉川英治

1892년 가나가와현 출생. 1910년 열여덟 살에 배 수선공으로 일하다가 크게
다친 뒤 도쿄로 올라와 공예가 밑에서 기술을 배우며 홀로 문학을 공부하고 습
작했다. 몇몇 잡지 현상 공모에 입선하며 이름을 알렸고, 역사소설에 뛰어난 재
능을 발휘해 1925년 『검난여난』, 1926년 『나루토비첩』으로 큰 인기를 얻었
다. 1935년부터 4년간 아사히신문에 연재한 『미야모토 무사시』는 검객 미야모
토 무사시의 치열한 삶을 다룬 대하소설로 신문소설 역사상 가장 많이 팔렸는
데, 영화나 만화, 드라마로도 제작됐다. 이후 고전을 재해석한 『삼국지』, 『신수
호전』 등을 연재하다가 마지막 신문소설 『사본태평기』가 끝날 무렵 폐암에 걸
려 1962년 9월 7일 일흔 살에 세상을 떠났다.
「의욕이 사그라들었다」는 1951년 2월 요미우리신문 기자에게 보낸 편지다.

가와카미 히데가쓰 군에게

가와카미 군. 오늘 신문사로 찾아갈까 아니면 전보를 칠까, 요 며칠 이래저래 고민하다가 결국 편지를 보냅니다. 편지 말고 당신과 얼굴을 마주하면 좀처럼 거절의 말을 꺼내지 못할 테니…….

소설 말일세. 아무래도 쓰지 못할 것 같아. 자네가 내게 보여준 다년에 걸친 성의며 격려며 온갖 호의를 생각하면 뭐라 사과해야 할지 모르겠네만, 이해해주지 않겠나. 도저히 글이 안 써지네. 요사이 자꾸 모든 것이 덧없게 느껴지고 현실이 절망스럽달까, 그런 약한 마음만 싹터서 책임이 무거운 신문소설에 손을 댈 의욕이 사그라들었어.

일전에 우스갯소리로 나이 탓이려니 했는데, 생각해보니 나도 벌써 예순 살을 바라봐. 농담이 아니라 정말로 생리적인 탓도 있지 싶어. 몸 상태가 말이야, 아내에게 너무 솔직히 털어놓으면 걱정할 테니 늘 괜찮다고 말은 하지만 사실 습관성 설사병이 도통 낫지를 않네. 정말이지 시시때때로 늙었음을 실감하는 나날일세.

무엇보다 신문소설을 쓸 이야깃거리가 떨어지고 말았어. 정말이야. 그래서 구상도 준비도 전혀 할 수 없다네. 예전에는 안 그랬는데 요즘은 일상에서 벌어지는 잡일이며 책상 근처에서 들려오는 이런저런 소음에도 금세 기가 죽어 일이 영 진행이 안 돼. 쓰다 말고 내팽개쳐 둔 원고가 산더미라, 지금 도저히 새로 다른 일까지 맡을 수 없는 형편일세.

볼 낯이 없지만 다음에 만나면 머리 숙여 사과하겠네. 어떠한 사과의 말로도 부족할 테니 백배사죄하는 길밖에 없지 않겠나. 얼마 전부터, 아니 지지난달부터 쭉 아내와 어떡하지, 어떡하지 하는 사이 바로 요전 날에 다카키 편집 차장까지 먼 길을 마다하지 않고 찾아오는 바람에 더욱 난감하지만 어쩌겠나. 부디 너그러이 양해해주길 바라네, 용서해주길 바라네.

다시 한번 진심으로 내가 사과하러 갈 테니, 아내가 이 편지를 들고 가는 걸 부디 언짢게 생각지 말아 주시게.

1951년 2월 2일

" 소설 말일세.

아무래도

쓰지 못할 것 같아. "

요시카와 에이지

2장、

그래도 써야 한다。

" 어떻게든 꾸밈없이
쓸 수 있는 경지까지 가고 싶다.
단 하나의 즐거움이다. "

의무

다자이 오사무太宰治

다자이 오사무는 1940년 전후로 안정된 결혼 생활 속에서 뛰어난 작품을 대거
선보였다. 그중에는 아내 쓰시마 미치코가 등장하는 「봄의 도둑」이나 「달려라
메로스」 같은 밝은 소설도 있다. 흥미로운 점은 1940년 『월간 문장』 1월호부터
6월호에 걸쳐 연재된 「여자의 결투」, 『중앙공론』 2월호에 발표된 「직소」를 다자
이가 구술하면 그의 아내 쓰시마 미치코가 필기해서 완성했다는 사실이다. 쓰
시마 미치코가 1978년 펴낸 『회상의 다자이 오사무』에 따르면 "그는 전문을 누
에가 실을 뽑아내듯 구술했다. 막힘도 없고 고쳐 말하지도 않았다."
「의무」는 1940년 4월 잡지 『문학자』에 실린 글이다.

의무 수행이란 보통 일이 아니다. 그렇지만 해야 한다. 왜 사는가. 어째서 글을 쓰는가. 그것은 의무를 수행하기 위함입니다, 라고 지금의 나는 대답할 수밖에 없다. 돈을 위해 쓰는 것은 아니다. 쾌락을 위해 사는 것도 아니다. 요전 날에 들길을 혼자 걷다가 문득 생각했다. "사랑이란 결국 의무를 수행하는 일이 아닐까."

사실을 말하자면 지금 다섯 매짜리 수필을 쓰는 일이 몹시 고통스럽다. 열흘이나 전부터 무엇을 쓰면 좋을지 생각했다. 왜 거절하지 않았을까. 부탁을 받았기 때문이다. 2월 29일까지 수필 대여섯 매를 써달라는 편지였다. 나는 이 잡지의 동인이 아니다. 또 앞으로 동인이 될 예정도 없다. 동인의 대부분은 모르는 사람이다. 꼭 써야 할 이유는 어디에도 없다.

하지만 쓰겠다고 답장했다. 원고료가 탐나서도 아니었다. 동인 선배에게 아양 떨 마음도 아니었다. 쓸 수 있는 상태에 있을 때, 부탁받으면 그때는 반드시 써야 한다는 계율 때문에 '쓰겠습니다'라고 대답했다. 줄 수 있는 상태에 있을 때, 남에게 부탁받으면 줘야 한다는 계율과 같다.

아무래도 내 어휘는 과장된 단어뿐이라, 다른 사람에게 반발을 사는 모양이다. 나는 '북쪽 나라 백성'의 피를 듬뿍 받은 탓에 '거만함은 타고난 목소리'라는 숙명을 짊어진 것 같으니, 그 점에 대해서는 쓸데없이 경계심을 품지 않았으면 좋겠다. 스스로도 무슨 말을 하는지 모르겠다. 이래서는 안 된다. 앉은 자세를 바로잡자.

의무로 쓴다. 쓸 수 있는 상태에 있을 때, 라고 앞에서 말했다. 고매한 일을 말하는 게 아니다. 즉 나는 지금 코감기에 걸려 열이 조금 나지만 몸져누울 정도는 아니다. 원고를 쓰지 못할 만큼 아프지 않다. 쓸 수 있는 상태라는 말이다. 또 2월 25일까지 해야 할 일을 모두 해치웠다. 25일부터 29일까지 약속된 일이 하나도 없다. 그 나흘 동안에 원고지 다섯 매쯤은 무슨 일이 생기더라도 쓸 수 있을 터. 쓸 수 있는 상태에 있다. 그래서 써야 한다.

현재 나는 의무를 위해 살고 있다. 의무가 내 생명을 지탱해주고 있다. 한 개인의 본능으로는 죽어도 좋다. 죽든, 살든, 병들든 그다지 차이는 없다. 하지만 의무는 나를 죽지 않게 한다. 의무는 내게 노력을 명한다. 쉼 없이 더, 더 노력하라고 명한다. 나는 비틀비틀 일어나서 싸운다. 지고 있을 수만은 없다. 단순하다.

순문학 잡지에 단문을 쓰기만큼 고통스러운 일은 없다. 거드름이 심한 남자라(쉰 살이 되면 이런 거드름도 고약하지 않을 정도가 될까. 어떻게든 꾸밈없이 쓸 수 있는 경지까지 가고 싶다. 단 하나의 즐거움이다), 고작 대여섯 매짜리 수필에도 내 생각을 전부 집어넣고 싶어서 용을 쓴다. 불가능한 일인지, 항상 실패한다.

그리고 실패한 단문만 용케 선배나 친구가 읽고서 이래저래 충고한다.

결국 나는 아직 마음이 반듯하지 않아 수필을 쓸 수준이 못 된다. 무리다. 이 다섯 매짜리 수필도 '쓰겠습니다'라고 답장한 뒤 열흘간이나 이것저것 쓸 만한 재료를 취사선택했다. 아니, 취사선택은 아니다. 버리기만 해왔다. 저것도 안 돼, 이것도 안 돼 하며 버리고 버린 끝에 아무것도 남아 있지 않다.

슬쩍 좌담회에서는 말할 수 있어도 허풍스럽게 순문학 잡지에 "어제, 나팔꽃을 심고 느끼는 바가 있다" 따위를 쓰면, 한 자 한 자 조판공이 활자를 뽑고 편집자가 교정한(다른 사람의 시시한 웅얼거림을 교정하기란 꽤나 괴로운 일이다) 뒤 서점에 나온다. 그리고 한 달 동안 그 잡지 귀퉁이에서 '나팔꽃을 심었습니다, 나팔꽃을 심었습니다'를 아침부터 밤까지 되뇌고 또 되뇐다. 그 상황을 도저히 견딜 수가 없다. 신문은 하루뿐이니까 그나마 괜찮다. 또 소설이라면 말하고 싶은 만큼 다 말해두었으니 한 달쯤 서점에서 내리 외쳐대도 주눅 들지 않을 각오가 되어 있다. 그런데 아무리 해도 나팔꽃 유감有感만은 한 달 내내 서점에서 중얼거릴 용기가 없다.

벌써 이것으로 다섯 매가 됐다. 지난달, 내가 쓴 「직소」는 드라마다. 소리 내어 읽으면 잘 알 수 있다. 한가한 사람은 한번 소리 내어 읽어보세요. 입으로 말하며 쓴 작품이니까.

책상

다야마 가타이田山花袋

1872년 도치기현 출생. 1890년 도쿄로 올라와 풍속소설의 일인자 오자키 고요 문하에서 단편 「참외밭」으로 문단에 데뷔했다. 1899년 출판사 박문관에 입사해 교정기자로 근무하며 1902년 모파상의 영향을 받은 「쥬에몬의 최후」를 써서 호평받았다. 1906년 『문장세계』 편집 주임을 맡아 젊은 작가를 발굴하는 한편 1907년 스승과 여제자의 관계를 다룬 「이불」을 발표했다. 「이불」은 일본 자연주의 문학을 자기 고백적 방향으로 결정지으며 사소설의 출발점이 되었다. 『아내』, 『시골 선생』으로 자연주의 거장이란 칭호를 얻은 이후 1912년 회사를 그만두고 창작 활동에 전념하며 『온천 순례기』 등 기행문도 다수 남겼다. 1930년 5월 13일 쉰여덟 살에 생을 마감했다.

「책상」은 1917년 6월 출간된 수필집 『도쿄 30년』에 실린 글이다.

서재 책상에 앉아본다. 펜을 들고 원고지를 늘어놓고 드디어 쓰기 시작한다. 한 글자 두 글자 써보는데 영 마음에 들지 않는다. 소재도 재미없거니와 흥도 안 난다. 도저히 회심작이 나올 성싶지 않다. 이미 마감이 코앞으로 다가왔음에도 상관없어, 하루 더 고민해보자 싶어 모처럼 쓸 준비를 마친 책상 곁을 떠나 거실로 나온다.

"또 못 썼어요?"

아내가 묻는다.

"안 돼, 안 돼."

"속 썩이네요."

"오늘 밤, 할 거야. 오늘 밤이야말로……."

이렇게 말하고는 양지바른 툇마루를 걷거나 정원의 나무 사이를 거닌다. 팔짱을 끼고 끊임없이 흥이 샘솟기를 기다리면서.

T 잡지의 편집자가 오는 것이 무섭다. 틀림없이 찾아온다. 그리고 기어코 원고를 손에 넣지 않는 한 가만두지 않겠다는 기색을 한껏 내보일 텐데……. 당신은 빨리 쓰니까요, 이런 말에도 여러 가지 복잡한 기분이 교차한다. 쓴다, 하찮은 글을 쓴다. 그것이 세상에 나온다. 비평된다. 이 생각만 하면 몸도 마음도 구석의 구석의 구석으로 내몰리는 기분이다.

이번에는 더는 어찌해도 쓰지 못할 것처럼 느껴진다. 조바심이 난다. 이제껏 글을 쓸 수 있던 게 이상할 정도다. 재료고 뭐고 엉망진창이다. 예전에 재미있다고 생각한 것도 시시하기 그지없다. 어째서 저런 소재로 글 쓸 마음을 먹은 걸까.

"안 써져, 안 써져."

"도저히 안 되겠어요?"

아내도 걱정스러운 얼굴을 하고 있다.

"어슬렁대는 꼴이 어쩐지 동물원의 호랑이 같구먼."

"그러게요."

아내도 내가 딱한 모양이다. 괴로워하는 모습을 차마 못 보겠나 보다. 게다가 이럴 때면 나는 기분이 언짢아진다. 이런저런 일에 마구 화풀이를 해댄다. 아내에게 큰소리를 낸다. 아이에게 큰소리를 낸다.

"아, 싫다, 싫어! 소설 따위 쓰고 싶지 않아."

"안 되면 어쩔 수 없잖아요?"

이렇게 말은 해도 아내는 결코 "대충 쓰면 되지 않나요?"라고 말하지 않는다. 그게 또 한층 고통의 씨앗이 된다. 마침내 T군이 찾아온다.

"아무래도 안 되겠어. 이번에는 진짜로 못 쓸 것 같아."

"그럼 곤란해요. 기대가 크다고요. 선생님 글이 없으면 잡지 지면이 텅 비고 말아요."

"알긴 아는데, 써지질 않으니."

"할 수 없죠, 하루 더 기다릴게요."

이렇게 말하고 T 군은 돌아간다.

다시 책상 앞에 앉아본다. 역시나 안 써진다. 끝내는 펜과 종이를 보는 일조차 고통스럽다. 펜과 종이와 내 마음 사이에 악마가 사는 듯하다. 아내는 걱정이 되는지 슬며시 엿보러 온다. 내가 알면 화를 낼 테니까 들키지 않도록 몰래. 그리고 펜을 쥐고 앉은 모습을 보고 안심하며 자리를 뜬다.

"다 썼어요?"

"아니."

"어, 아까 쓰고 계셨잖아요?"

"……"

그런데 갑자기 한밤중에 흥이 솟는다. 나는 홀로 일어나 펜을 잡는다. 펜이 손과 마음과 함께 달린다. 그 기쁨! 그 강함! 또 그 즐거움! 순식간에 두 장, 세 장, 네 장, 다섯 장을 써 내려간다. 아까 괴로운 직업이라고 말한 푸념은 어느새 잊어버린다. 옛날 문하생 시절로 마음이 되돌아가 있다. 어두운 램프 아래서 머리카락을 길게 기른 채 글쓰기에 몰두하던……. 문단도 없고 T 군도 없고 세간도 없다. 그저 펜과 종이와 내 마음이 함께 움직일 뿐이다.

> " 느슨해진 주의력을 높이려고
> 각성제를 다량 복용하고
> 억지로 책상 앞에 앉아 버텼다. "

나는 이미 나았다

사카구치 안고 坂口安吾

사카구치 안고는 1947년부터 집필을 위해서라며 각성제를 복용했다. 게다가 1948년 6월, 다자이 오사무가 자살하자 우울증에 빠졌다. 이를 극복하려고 장편 '일본 이야기(후에 『화』)'를 쓰기 시작했지만, 불규칙한 생활 탓에 수면제의 일종인 아도름까지 복용하게 되었다. 결국 1949년 2월 23일 부인이자 수필가인 가지 미치요에 의해 병원에 입원했다. 4월 19일 자진 퇴원한 후 6월 이 경험을 자세히 적은 「정신병 비망록」을 시작으로 작품을 활발히 발표하는 한편 아쿠타가와상 심사위원으로 활동하며 건재함을 알렸다.
「나는 이미 나았다」는 1949년 4월 11일 요미우리신문에 실린 글이다.

오늘(4월 7일) 한 신문에 내가 도쿄대 신경과 병실 3층에서 투신자살했다는 기사가 나온 까닭에 아침부터 몰려든 각 사의 취재기자와 사진기자를 쫓아내느라 애먹었다고 주치의 지타니 신치로 선생이 알려줬다.

도쿄대 신경과 병실은 1층밖에 없다. 게다가 반지하에 가까워서 그리 날쌔 보이지 않는 길고양이조차 밥 먹듯 창문으로 뛰어올라 들어오는 곳이라 떨어져도 죽지 않는다. 무엇보다 창살 달린 병실 창문을 뚫고 뛰어내릴 수 있을지 어떨지, 둔갑술사도 아닌데. 그런 일이 가능하면 그곳 환자는 전부 도망가고 마리라.

사오일 전에도 경시청 마약계 형사라는 삼인조가 찾아와서 "사카구치는 마약 중독이지? 거짓말하지 마"라며 지타니 선생, 담당 간호사, 간병인을 마구 괴롭힌 모양이다. 도대체 이런 헛소문이 어디에서 흘러나오는 건지, 나로선 이해하기 어려운 따름이다.

대략 작년 여름부터 신경쇠약 기미가 보였다. 지금 생각해보면 그렇다. 나는 축농증 탓인가 했다. 자꾸 콧물이 나고 구역질이 일어서 엎드리면 목구멍으로 넘어왔다. 일어나 있을 때는 끊임없이 코를 풀어야 했다. 자연히 사고력과 집중력이 떨어졌다. 죽을힘을 다해 원고지 삼천 매 남짓한 장편소설에 몰두하자고 각오한 것도 이 육체의 악조건을 극복하고 싶다, 아니 극복해

보이겠다는 의지에서 비롯됐다. 이 노력이 무리수였지 싶다. 삼백 매나 오백 매라면 또 모를까, 삼천 매 넘는 작품이 하루아침에 써질 리 만무하다. 당연히 체력을 적잖이 더욱더 소모하지 않을 수 없었다.

나는 악착같이 일과 싸웠다. 산만하고 느슨해진 주의력을 높이려고 각성제를 다량 복용하고 억지로 책상 앞에 앉아 버렸다. 그러자 이번에는 잠이 오지 않았다. 더는 술만으론 소용없어 수면제를 써야 했다. 내가 먹은 수면제는 정량의 열 배쯤이었다. 그 정도가 아니면 이미 잠들지 못하는 상태였다.

방문객을 전부 거절하고 일에 매달렸지만 점점 집중력은 떨어졌고 몸 상태는 나빠졌다. 그 위기를 넘기고 일을 계속 하기 위해 선택한 방법은 여행이었다. 자주 가던 아타미의 단골 여관이 차분히 일할 수 있도록 옆 별관을 내주기로 했다. 원래 마쓰이 이와네 대장의 별장으로 내가 책상을 마주하는 방은 그의 서재였다. 그 방에 앉아 겨우겨우 글을 쓰는데, 마침 마쓰이 대장에게 교수형이 선고됐다. 썩 유쾌한 소식은 아니었다.

사실 나는 아타미보다 스와를 더 좋아한다. 게다가 친구가 근처 후지미고원에서 요양하는 중이라 그 문병도 갈 겸 일할 장소를 옮기기로 했다. 이 여정이 결국 내 체력을 바닥내고 말았다. 일곱 시간가량 걸리는 혼잡한 기차 여행으로도 몸에 무리가 갔건만, 물자가 부족한 지방에서 투병하는 친구를 위해

챙긴 건강식품이 문제였다. 역에서 그리 멀지 않은 요양소까지 짐을 땅에 내려놓고 틈틈이 쉬지 않으면 걷기조차 힘들었다. 몇 번이나 졸도할 뻔했다. 도착해서는 환자에게 약한 모습을 보이기가 뭣해 괜찮은 척 허세를 부리다가도 가끔 땅속으로 끌려들어가는 환각에 사로잡혀 잠시 멍해지곤 했다.

그리하여 내가 입원한 이유는 신경쇠약과 수면제 중독 때문이다. 어쩌면 수면제 중독이 마약 중독으로 잘못 알려졌을지도 모른다. 여하튼 나는 이미 나았다. 작년 이맘때처럼 건강하다. 날마다 고라쿠엔구장으로 야구를 보러 나갈 정도지만, 20년 전 젊은 시절의 건강을 되찾고자 조금 더 입원해 있을 뿐이다. 올가을까지 앞서 말한 장편소설을 완성하고, 그 뒤 여기저기에 거침없이 글을 써댈 작정이다.

나와 창작

아쿠타가와 류노스케芥川龍之介

1892년 도쿄도 출생. 1913년 도쿄대 영문과에 입학, 이듬해 첫 소설 「노년」을
발표했다. 1915년 훗날 대표작이 되는 「나생문」을 선보였지만 큰 이목을 끌지
못하다가 1916년 「코」가 나쓰메 소세키에게 극찬받으며 문단의 총아로 떠올랐
다. 1919년 마이니치신문에 전속 작가로 입사해 창작에 전념하며 10년 남짓한
작가 생활 동안 백사십여 편의 단편을 남겼다. 전공인 영문학을 비롯해 프랑스·
러시아문학의 영향도 받았지만 한문학에도 조예가 깊던 그는 초기에는 설화문
학에서 취한 소재를 재해석한 작품을 주로 썼다. 이후 예술지상주의를 바탕으
로 한 작품을 다수 집필하며 명성을 쌓았다. 1927년 7월 24일 서른다섯 살에
집에서 수면제를 먹고 자살했다.

「나와 창작」은 1917년 7월 『문장세계』에 실린 글이다.

지금껏 주로 소재는 옛것에서 가져왔다. 그 탓에 나를 골동품 수집하는 노인처럼 별난 것만 찾아다니는 인간이라고 생각하는 사람도 있다. 하지만 그렇지 않다. 어린 시절에 받은 케케묵은 교육 덕분에 예전부터 현대와 거리가 먼 책을 읽었고 지금도 읽는다. 소재는 그 속에서 발견될 뿐이지, 일부러 찾으려고 읽는 게 아니다(물론 소재를 찾기 위해 책을 읽어도 나쁘다고는 생각지 않는다).

소재가 있더라도 자신이 그 소재 속으로 들어가지 못하면, 소재와 자신의 마음이 오롯이 하나가 되지 못하면 소설은 써지지 않는다. 억지로 쓰면 지리멸렬한 글이 된다. 나는 초조한 마음에 몇 번이나 그런 어리석은 실수를 저질렀다. 더욱 곤란한 건 소재와 자신이 하나가 되는 순간이 언제 올지 모른다는 점이다. 소재를 손에 넣자마자 바로 오기도 하고, 소재를 가졌다는 사실을 거의 잊고 있을 무렵 겨우 오기도 한다. 밥을 먹든 책을 읽든 화장실에서 볼일을 보든 관계없다. 그때는 눈앞이 환해지는 기분이다.

쓸거리가 생기면 당장 쓰기 시작한다. 가장 일하기 좋은 시간은 오전과 저녁 6시부터 12시까지. 자정이 넘으면 쓰는 동안에는 정신없이 써 내려가도 다음 날 읽어보면 마음에 안 들기 일쑤다. 날을 꼽자면 바람 부는 날은 잘 써지지 않는다. 계절은 10월부터 4월까지가 좋지 싶다. 장소는 조용하고 어느 정도 밝기만 하면 어디든 상관없다.

그런데 글을 쓰기 시작하면 자주 짜증이 난다. 그럴 만한 일이 주변에 있어서니까, 없다면 안 그럴 텐데. 적어도 지금보단 훨씬 평온한 마음으로 지낼 수 있다. 이제까지는 어딘가 그렇지 못했기에 글 쓸 때 집안사람에게 걸핏하면 큰소리를 냈다.

짜증만 안 나면 글은 죽죽 써진다. 때때로 글자 쓰는 시간이 성가시기도 하다. 쓰다 막히면 손에 집히는 대로 책상 위 책을 펼쳐본다. 대개 두세 장 읽는 사이 다시 쓸 수 있게끔 된다. 책은 뭐든지 괜찮다. 어릴 적부터 사전 읽는 버릇이 있어서 『딕슨 영숙어사전』 따위를 읽곤 한다. 다만 지우는 일도 글쓰기에 들어가니까, 완성한 원고 매수와 작업 시간의 비율로 따지면 오히려 속도는 느린 편에 속한다. 지울 때는 별 미련 없이 지워버린다. 그래도 아직 덜 지운 감이 들지만.

글 쓸 때의 마음을 말하면, 만든다기보다 키운다는 심정이다. 인물이든 사건이든 본디 작동 방식은 하나밖에 없다. 단 하나뿐인 그 방식을 차례차례 찾아내며 써 내려간다. 찾아내지 못하면 이제 더는 앞으로 나아갈 수 없다. 그냥 밀고 나가면 반드시 문제가 생긴다. 그래서 처음부터 끝까지 바짝 긴장하며 조심해야 한다. 바짝 긴장해도 나 같은 사람은 미처 못 보고 놓쳐버린다. 그것이 괴롭다.

문장도 쓸데없이 골머리를 썩인다. 때와 상황에 있어 도저히 쓸 수 없는 단어가 있거나 구절 상태가 묘하게 거슬리는 식이라, 어쩔 수 없다. 예를 들어 '야나기하라柳原'라는 마을 이름은 동네가 온통 초록을 띨 듯해 그 초록에 어울리는 배경 묘사가 나오지 않는 이상 아무래도 쓸 마음이 들지 않는다. 이것만은 진짜 천벌을 받는 것 같다.

다 쓰고 나면 언제나 녹초가 된다. 쓰는 일만큼은 이제 당분간 거절하자고 마음먹는다. 하지만 일주일쯤 아무것도 안 쓰고 있으면 적적해서 견딜 수 없다. 뭔가 쓰고 싶다. 그리하여 또 앞의 순서를 되풀이한다. 이래서는 죽을 때까지 천벌을 받을 성싶다.

활자화된 원고를 읽으면 대체로 싫증이 난다. 언제나 글을 쓰는 방법보다 사물을 보는 관점이 이래서야 희망이 없다는 생각이 뼈에 사무쳐서, 글 쓸 때보다 평소 생활에서 사랑과 미움을 소진하고 싶어진다. 그다음 다시 보면 좋아지는 글이 있고 더욱 나빠지는 글이 있는데, 이건 그때그때 다르다.

" 뭔가 쓰려고 마음먹는 순간,

예전 체력이

슬슬 돌아옴을 느낀다. "

홀리다

무로 사이세이室生犀星

1889년 이시카와현 출생. 사생아로 태어나 힘든 유년 시절을 보낸 그는 중학교를 중퇴하고 급사로 일하며 시인의 꿈을 키웠다. 1906년 당시 신진 작가의 등용문이던 『문장세계』 현상 공모에 입선, 본격적으로 시를 짓기 시작했다. 1913년 스물네 살에 일을 그만두고 도쿄로 올라와 문예지 『자몽』, 『탁상분수』에 서정미 가득한 시를 다수 발표했다. 1918년 자비 출판한 『사랑의 시집』으로 시단의 인정을 받은 뒤 1919년 첫 소설 「유년시대」를 써서 소설가로도 데뷔했다. 관능미 넘치는 사소설로 폭넓은 독자층을 확보했는데, 대표작인 『안즈코』, 『꿀의 정취』는 영화로도 제작됐다. 고양이 세 마리와 함께 노년을 보내다가 1962년 3월 26일 일흔세 살에 생을 마감했다.

「홀리다」는 1961년 12월 7일 니혼케이자이신문에 실린 글이다.

1955년부터 1961년 초에 걸쳐 나는 귀신에 홀린 것처럼 글을 썼다. 매일 활자를 한가득 뱉어냈다. 『안즈코』 이후 『내가 사랑하는 시인의 전기』를 쓰고, 『어른거리는 일기 유문』을 쓰고, 『꿈의 정취』를 쓰고, 『유리의 여인』을 쓰고, 『살고 싶은 것을』을 쓰고, 『여성 작가 평전』을 썼다. 슬프게도 모두 장편 연재물이라 쓰기 위해 다량의 원고지와 씨름했다. 내 문학사에서 처음 있는 일이었다. 나는 일찍이 작가의 만년을 상상하며 미소를 머금은 채 죽으리라고, 정말로 그러리라고 믿었다. 많은 문학상은 쓸쓸한 흥취였다.

일전에 마지막 시집 『어제, 오시기를』, 『무로 사이세이 작품집』 열두 권, 자필 하이쿠집 『원야집』이 출간됐다. 거의 문학가의 삶에 매듭을 지은 것이나 다름없다. 세 살 적 버릇이 여든까지 간다는 말이 있다. 어린 문학 애송이도 여기까지 성장하고 보니 인간은 어쨌든 살아야 한다는 것, 뭐든지 마음껏 배워두는 게 중요하다는 사실을 깨닫는다. 또 글러먹은 인간을 못쓰겠다고 내동댕이치더라도 그가 혼자서 걸어가는 길을 방해해서는 안 된다. 어찌 됐든 간에 그 녀석도 어딘가에 다다른다. 좋든 나쁘든 목적지는 당사자에게 맡겨야 한다.

이 글은 도라노몬병원에서 폐렴 치료를 받으며 미열이 나는 와중에 매일 틈틈이 집필했다. 주치의 선생의 회진 시간은 3초, 그 사이 원고와 필기구는 내 침대 근처에서 사라진다. 간병인과 간호사가 감쪽같이 처리해준 덕이다. 몇 끼나 거른 듯한 얼굴로 주사 맞는 모습을 확인하고 주치의는 그대로 문을 열고 밖으로 나간다. 그러면 다시 널조각 위에 원고지를 펼치고 차가운 물을 한 잔 마신 뒤 계속 써 내려간다.

나는 글 쓰는 게 좋은 걸까.

뭔가 쓰려고 마음먹는 순간, 예전 체력이 슬슬 돌아옴을 느낀다. 이제 써볼까 할 때는 약을 먹거나 주사를 맞을 때보다 확실히 병이 뒤로 저만치 물러나는 것 같다. 조금씩 건강해지는 기분이다. 음식을 먹으면 맛이 바로 느껴지는 원리와 같다. 병이란 만만치 않은 상대다. 인간은 병과 싸우는 동안 그 어느 피폐한 시기보다 훨씬 더 많은 것을 빼앗긴다.

이렇게 간단하게나마 작품과 이력을 나열한 나의 문학사를 써봤다. 내게 제4차 문학사는 더는 있을 수 없다. 만약 있다면 그다지 길지 않은 차분한 작품을 뚜벅뚜벅 쓰지 않을까. 그런 작은 작품조차 더욱 연마하려는 자신을 발견하는 날을 오늘의 즐거움으로 삼아야겠다. 야심 없고 또 소망 없는 나야말로 미래의 나이리라.

1957년 도쿄 오타구 마고메에 있던 자택 서재에서
저서에 사인을 하고 있는 무로 사이세이.

한밤중에 생각한 일

모리 오가이 森鷗外

1862년 시마네현 출생. 1881년 열아홉 살에 도쿄대 의학부 본과를 졸업, 육군 군의로 채용돼 근무했다. 1884년 독일로 유학 가서 위생학을 연구하는 한편 문학과 미술에도 남다른 애정을 갖고 공부했다. 1888년 귀국해 군의학교 교관이 된 그는 1890년 「무희」를 시작으로 「아베일족」, 『기러기』 등 일본 근대문학에 한 획을 긋는 걸작을 다수 남겼다. 또 안데르센의 『즉흥시인』, 괴테의 『파우스트』를 비롯해 외국 작품과 문학 이론을 꾸준히 번역해 문단에 소개했다. 아울러 미술에도 조예가 깊어서 문부성미술전람회 심사위원을 맡는 등 미술 평론에서도 활약했다. 1917년 제실박물관장, 1919년 제국미술원장을 지낸 뒤 1922년 7월 9일 예순 살에 세상을 떠났다.

「한밤중에 생각한 일」은 1908년 12월 미술지 『광풍』에 실린 글이다.

『광풍』 머리글을 이와무라 도오루* 군이 쓸 예정이었건만 어찌된 일인지 쓸 수 없다고 해서 문제가 생겼다. 무엇인가 써라. 올해 문부성미술전람회에서 느낀 바가 있다면 쓰라는데, 과연 내가 쓸 수 있을까?

우선 글을 쓰려면 시간이 필요하다. 독자도 내 시간이 어떻게 소비되는지 좀 알아주길 바란다. 오늘만 해도 아침부터 점심께까지 신바시 정거장에 서 있었다. 임금님이 대훈련지에 행차하신다기에 배웅해드리기 위해서였다. 그다음 관청에 들어가서 회의를 했다. 3시에 회의가 끝나자마자 영국대사관 행사에 참석해 잔디 위에서 찬 바람을 맞았다. 이어 저녁밥을 먹고 다시 신바시 정거장으로 갔다. 이번에는 장관의 대훈련지 행차를 배웅했다.

집에 돌아와 보니 스즈키 슌보 군이 기다렸다. 『가부키』에 실릴 원고를 받아 적어주려고 온 참이었다. 『가부키』는 동생이 편집장으로 근무하는 잡지인지라, 계속 발행되도록 뭔가 해주지 않으면 안 된다. 즉 의리상 쓰는 원고였다. 늘 서양의 일막짜리 희곡을 닥치는 대로 읽고 말로 번역해준다. 번역이란 그림을 복제하는 일과 비슷하지만, 복제라고 해서 아무래도 좋은 것

---

* 이와무라 도오루(岩村透 1870~1917) 미술평론가로 잡지 『광풍』을 발행하던 서양미술 단체 '백마회'의 회원이었다.

은 아니다. 밝은 창 아래 깨끗한 책상 앞에서 정신을 가다듬지 않으면 제대로 된 번역이 탄생하지 않는다. 그걸 입에서 나오는 대로 해치우니. 무책임한 일을 하는 게 마냥 좋지만은 않다. 나쁜 짓임을 알면서도 하고 있다. 일이 끝나자 스즈키 군은 돌아갔다.

시계를 보니 12시였다. 그 시간에 펜을 들고 이 글을 쓰기 시작했다. 뇌는 이미 완전히 지쳐 멍한 상태다. 무얼 써야 좋을지 모르겠다. 도대체 느낀 바를 쓴다는 것은 어떤 것일까? 문부성 미술전람회만이 아니다. 무엇을 봐도 그때그때 느끼는 바가 있기 마련이다. 그 느낌을 나는 솔직하게 쓸 수 있을까? 다른 사람은 하고 있을까?

그렇다, 세상에는 진짜로 느낀 바를 솔직히 쓰는 사람이 얼마쯤 존재한다. 특히 서양에는 제법 있는 모양이다. 정부가 금지해도 상관없다. 군주의 미움을 사도 상관없다. 세상 사람에게 공격받아도 상관없다. 친구에게 버림받아도 상관없다. 그렇게 쓴 글은 어쨌든 쓴 만큼 보람이 있다. 니체도, 오토 바이닝거*도 진짜로 느낀 바를 솔직하게 썼다. 보들레르는 "프랑스의 대전쟁이 예술 위에 드러나야 한다, 예술 위에 드러난 애국심

---

* 오토 바이닝거(Otto Weininger 1880~1903) 오스트리아의 철학자로 『성과 성격』이란 책을 통해 성으로부터의 자유를 주장한 뒤 자살했다.

을 함양해야 한다"라는 주장은 뭣도 모르는 녀석의 잠꼬대라고 비판한 적이 있다. 그는 그렇게 느껴서 그렇게 썼겠지. 콘라드 랑게*는 커다란 예술론을 주장하는 글을 쓰기도 했다.

사람은 사회 속에서 살아가기에 도둑질을 할 수 없다. 도둑과 친하게 지낼 수도 없다. 하지만 사람에게는 도둑질을 해보고 싶은 감정이 있다. 그래서 소설로 도둑 이야기를 써서 그 욕구를 채운다. 사람은 사회 속에서 살아가기에 알몸을 볼 수 없다. 하지만 사람에게는 알몸을 보고 싶은 감정이 있다. 그래서 회화나 조각으로 알몸을 표현해 그 욕구를 채운다. 사회에서 어떤 일을 허락하지 않는 것이 법률이다. 문학과 예술은 사회에서 허용되지 않는 일을 시도한다. 법률이 사회의 잣대를 가져와서 문학과 예술을 재단하는 것은 큰 잘못이다. 이른바 Ergaenzungs Theorie다. 번역하면 보충론쯤 되겠다. 이것도 예술을 이렇게 느꼈기에 이렇게 썼으리라.

이는 모두 머나먼 서양의 일이다. 독자는 아마 놀라겠지만, 서양에는 이렇게 느끼고 이렇게 글을 쓰는 사람이 있다. 여하튼 정직하게 거침없이 써 내려간다. 만약 일본에서 인생에 대해, 예술에 대해, 문부성미술전람회에 대해 뭔가 느꼈는데, 그

* 콘라드 랑게(Konrad Lange 1855~1921) 독일의 미학자로 예술의 본질은 환상이며 예술이 창조한 세계는 허구라는 예술환상설을 주장했다.

느낌이 세간의 일반적 느낌과 다르다면 과연 정직하게 거침없이 쓸 수 있을까. 이 점이 매우 의심스럽다. 적어도 여태까지 그런 사람은 없었지 싶다. 느끼더라도 쓸 수 없는 것이 있다는 사실만은 독자도 이해하리라.

그러면 어떤 것을 쓸 수 있을까. 일반적인 세간의 느낌과 같다면 되지 않을까. 그건 누구든지 쓸 수 있다. 아무나 쓸 수 있다면 일부러 내가 나서지 않아도 될 터. 이는 인생뿐만 아니라 매일 일어나는 사건에 대해서도 그러하다. 예술뿐만 아니라 작품 하나하나에 대해서도 그러하다. 물론 제2회 문부성미술전람회에 출품된 하나의 작품을 보고 남들과 다른 느낌을 쓴다고 해봤자 큰 문제는 안 된다. 다만 문제는 작아도 성가시기 그지없으니 쓰기 어렵다. 나도 그리 대단한 감별력은 없어도 누구나 느끼는 만큼은 느끼므로 쓰려면 쓸 수 있다. 하지만 내가 지붕 위에 지붕을 얹는 일을 해야 한다는 법은 없다.

"조금도 나이 들지 않으셨네요", "점점 기력이 좋아지시니 다행입니다", "아드님이 키가 많이 컸군요" 같은 인사를 나누는 모습을 자주 본다. 개중에는 비난을 가미하기도 하는데, 아무튼 "피부는 검어도 얼굴 생김새가 얌전하니 좋습니다"라든가 "얼굴빛이 희면 못생겨도 예쁘게 보인답니다"라는 식이라서 결말이 훈훈하다. 이런 말을 한다고 해서 특별히 세상 도의에 어긋나지 않기에 별문제 없지만, 나 한 사람쯤 구석에 틀어박혀 잠자코 있어도 괜찮지 않을까. 아니, 벌써 1시다.

일전의 도둑이 오늘 밤 다시 우리 집으로 숨어든다면 감기에 걸릴 텐데…… 이런, 주제를 벗어난 이야기를 써버렸다. 이래서 머리가 멍하면 곤란하다. 대체로 나는 자신의 감상을 쓰기보다 다른 사람의 감상을 읽는 게 좋다. 비평글은 정말로 재미있다. 독자는 오해하지 마시길. 비평가 아무개 군의 비평을 읽는 이유는, 그 비평으로 구로다 세이키 군의 그림을 이해하고자 함이 아니다. 나카무라 후세쓰 군의 그림을 이해하고자 함도 아니다. 비평가인 아무개 군의 머릿속을 알고자 함이다. 그림은 우연히 이 선생의 두뇌를 회전시킨 계기에 지나지 않는다. 돌부리에 걸려 놀랐을 때의 느낌을 쓴 글이라도 상관없다. 회화나 조각에만 한하지 않는다.

물론 회화나 조각도 작가의 고백이다. 하지만 작가의 기질을 통과해온 냄새가 어딘가에 감도는 정도다. 비평가는 다르다. 술술 수다를 떨거나 줄줄 쓰는 사이 자신의 깊숙한 곳까지 보여준다. 감추려고 하면 할수록 더욱 드러난다. 불을 켜고 들여다볼 필요도 없다. 아르놀트 뵈클린*의 「파도의 유희」보다 훨씬 재미있는 것이 보인다. 요컨대 솔직하게 말하자면 나는 구경거

---

* 아르놀트 뵈클린(Arnold Böcklin 1827~1901) 스위스의 상징주의 화가로 「파도의 유희」는 출렁이는 바다를 배경으로 신화 속 반인반수와 님프를 그린 작품이다.

리를 보는 쪽이 좋지, 자신이 구경거리가 되는 쪽은 싫다.

철학은 좋은 구경거리다. '이론'처럼 대형 극장을 짓고 보여주기도 하고, 니체처럼 노점상인 양 죽 늘어놓고 보여주기도 한다. 이러한 구경거리는 인생을 보여주는 게 아니다. 니체의 머리를 보여준다. 그런 의미에서 나는 막스 클링거가 만든 '흉상' 시리즈를 좋아한다. 전집은 읽으려면 시간이 걸리는 데 반해 조각은 한눈에 볼 수 있다. 오기와라 모리에의 「문각」도 꽤 평판이 좋은데, 아직 그 「니체의 흉상」만큼 감동을 자아내진 않는다.

이런, 또 쓸데없는 내용을 써버렸다. 이래서 머리가 멍하면 곤란하다. 으음, 어떤 이야기를 하고 있었더라. 그래그래! 미술 비평은 좋은 구경거리가 된다. 단고자카의 국화꽃 인형은 전시장 문지기의 소리로 사람들을 끌어모으지만, 리차드 무더*는 조어造語로 사람을 놀랜다. 예술을 보려고 해서는 안 된다. 무더의 머리를 볼 수 있으면 그만이다. 여하튼 구경거리는 되기보단 봐야 제맛이다. 잠자코 보며 마음으로 즐길 일이다.

아이고, 벌써 2시다. 대개 느낀 바를 쓸 수 있게끔 하는 것은 기세다. 시대의 흐름이다. 예술에서 전신 나체가 전부 금지되던

---

* 리차드 무더(Richard Muther 1860~1909) 독일의 비평가이자 예술 사학자로 자신만의 예술 용어를 만든 것으로 유명한데 당시 '무더의 말투'가 유행했을 정도다.

시대가 있었지만 어느새 지나갔다. 새로운 '자연주의'니 뭐니 해서 상당히 소란스러운데, 지금껏 문학이 에로틱한 면을 정직하게 쓰지 못하다가 요사이 조금 쓰기 시작했을 뿐이다. 게다가 기존에 일정한 의미로 쓰던 Naturalisme과 헷갈리기 쉬운 자연주의라는 이름을 붙인 것은 변덕맞다. 굳이 이름을 붙이고 싶다면 '제멋대로주의'라고 하는 편이 낫다. 노동도 와다 산조의 「빨간 연기」처럼 도드라지게 보여주면 안 된다는 시대가 있어서는 곤란하다. 뭐, 이제껏 그런 시대는 없었으니 앞으로도 오지 않을 것 같지만. 어쩌면 머지않아 비평도 느낀 그대로 쓸 수 있을지도 모른다.

아이고 맙소사! 이거, 너무 건너뛰어 미래 이야기가 되어버렸다. 3시가 되기 전에 자야 한다. 내일 아침 잠이 덜 깨서 관청에 나가는 길에 말에서 떨어지기라도 하면 큰일이다. 어디, 이제 자볼까.

때늦은 국화

나가이 가후 永井荷風

1879년 도쿄도 출생. 학창 시절부터 에도시대 통속소설을 탐독했다. 1900년 가부키 극장 전속 작가로 들어가 야학에서 프랑스어를 배우며 에밀 졸라에 심취했다. 1902년 장편 『지옥의 꽃』을 발표해 모리 오가이에게 극찬받았다. 1903년 미국을 거쳐 프랑스에 머물다가 1908년 귀국, 이듬해 출간한 『프랑스이야기』가 풍기 문란이란 이유로 판매 금지당했다. 1910년 모리 오가이의 추천으로 게이오대 문학과 교수가 되어 『미타문학』을 창간하고 편집했다. 이후 동시대 문명에 대한 혐오감을 토로하며 탐미주의 화류소설 『묵동기담』, 산책 수필 『게다를 신고 어슬렁어슬렁』 등을 남겼다. 1952년 문화훈장을 받은 그는 1959년 4월 30일 여든 살에 세상을 떠났다.

「때늦은 국화」는 1923년 11월 잡지 『여성』에 실린 글이다.

마당의 애기동백꽃도 지기 시작했을 무렵이다. 간토대지진 이후 가족을 데리고 오사카로 떠났던 오사나이 가오루 군이 플라톤사 사장과 함께 도쿄로 올라와 우리 집을 찾아왔다. 두 사람의 방문 목적은 근래 쓸데없이 졸렬함을 기르는 데만 힘쓰는 나를 격려하여 소설을 쓰게 하려는 것이었다.

　나는 헌 책상 서랍에 초고 두세 개를 오랫동안 보관하고 있다. 그러나 모두 차마 눈 뜨고 볼 수 없는 범작임을 알고 절반쯤 쓰다가 내팽개친 휴지 조각에 불과하다. 이 휴지를 새삼 끄집어내어 재생지로 되살리는 것은 참을 수 없는 일이다. 그렇다고 옛 친구의 호의를 저버리자니 더욱 참기 어려운 상황이다.

　가까스로 궁여지책을 생각해냈다. 왜 책상 서랍 밑바닥 예전 원고에 오래도록 손을 대지 못했는가. 이를 자세히 기록하여 순간의 책임을 다하기로 했다. 이름하여 '때늦은 국화'. 재해 이후 중양절(9월 9일)이 지난 어느 날, 옛 친구가 찾아온 기쁨에 비유했다고 해석해주면 고맙겠다. 오래된 미완 원고에 대해 주저리주저리 떠드는 짓은 시류에 심히 뒤떨어지는 일이지만, 그로 말미암아 무슨 지장이 생기랴.

　아직 쓰기지 혼간지 절 근처에서 살 때, 온 힘을 다해 장편소설을 쓴 적이 있다. 제목을 '황혼'이라고 짓고 발단 약 백 매 남짓까지 쓰다가 그대로 펜을 던지고 초고를 책상 서랍에 처박아버렸다. 그 후 현재 집으로 이사 온 지 벌써 사오 년이 되어 간다. 그사이 서랍 속 초고는 한 장 두 장 찢겨서 담뱃대에 낀 댓진을 닦는 빔지로 쓰이거나 남포등의 기름통이나 등피를 닦는 종이로 쓰인 탓에 이제 몇 장밖에 남아 있지 않다. 비바람이 한 번 지나갈 때마다 전등이 꺼져버리는 이 세상에서 구시대의 행등과 남포등은 가정의 필수품임을 덧붙여 두겠다.

어째서 그 초고를 버렸는가 하면, 드디어 본론으로 진입하려는 즈음 작중 주인공을 맡을 여인의 성격을 묘사하려다 갑자기 내 관찰이 무르익지 않았음을 깨달았기 때문이다. 그 여인은 미국 대학을 졸업하고 일본에 돌아온 후 여성 문학자와 교류하며 한 여성 잡지가 간다청년회관에서 주최하는 문예 강연회에 참석해 일장 연설을 한다, 그 장면에서 펜을 놓고 탄식했다.

처음에 그다지 애먹지 않고 여주인공의 나이 든 아버지가 사랑하는 딸의 귀국을 기다리는 심정을 그려냈던 것은, 메이지유신 전후 인물의 성품과 행실은 어찌 됐든 안심할 만큼 이해하는 구석이 있어서였다. 이에 반해 당시 이른바 신여성의 성격이나 감정은 어쩐지 안개 속에서 보는 것처럼 막연해서 견딜 수 없었다. 소설이라는 구실로 관찰 부족을 공상으로 보충하는 일이 글을 쓰는 데 있어 매우 위험하다는 사실을 잘 알았다. 그래서 적당한 모델을 구하는 날까지 집필을 중단하기로 결심했다.

나는 어떤 단편이라도 다 쓰고 나면 지금은 세상을 떠난 친구 이노우에 아아를 불러 졸고를 낭독하고 그의 비평을 들었다. 문단에 나오지 않았을 때부터의 습관이다.

아아는 어린 시절부터 시키테이 산바의 시와 사이토 료쿠의 글을 즐겨 읽어 훗날 두 사람 못지않은 풍자가가 되리라고 기대되던 사람으로, 남의 글을 보고 문제점을 지적하는 데 매우 뛰어났다. 히구치 이치요 여사의 「키 재기」에는 '~하는 것이다'라는 어휘가 몇 번 나오는지 세어본 적도 있고, 고요 산진의 작품 가운데 동일한 시구가 여러 번 사용된 사실을 찾아낸 적도 있다. 아아의 눈으로 볼 때, 당시 문단에서 제일 읽기 힘든 작가는 구니키다 돗포였다.

그해 눈이 내리던 어느 날, 저녁께부터 전차 운전사가 동맹 파업을 일으켰다. 온종일 밖에 안 나간 나는 그 사실을 미처 몰랐다. 쓰키지 뒷골목에서 슬슬 게이샤를 태운 마차가 행차를 준비할 무렵 돌연 아아가 찾아와서 직장이 있는 니혼바시 가키가라초부터 어쩔 수 없이 눈 속을 걸어온 사정을 알려줬다. 그때 아아는 마이유신문사에서 교정 계장으로 일하고 있었다.

"지난번 말한 소설, 다 썼어?"

아아는 내 손에 이끌려 전찻길 근처 장어 가게인 미야가와에 가는 길에 물었다.

"아니, 그 소설은 못 쓰겠어. 문학 따윌 하는 오늘날 신여성을 도저히 그릴 수 없거든. 어쩐지 가짜 같은 느낌이라, 아무리 해도 인물이 활발히 움직이지 않더라고."

미야가와 2층으로 올라가서 뒤쪽 창문을 열면 눈 쌓인 이웃집 정원사의 뜰이 보이는 방에 앉자마자 나는 창작의 고통을 주저리주저리 떠들어댔다. 아아는 가끔 긴 턱을 치켜들며 빈속에 술 대여섯 잔을 들이붓더니 금세 거나하게 취해 말했다.

"여성 문학자가 하는 연설이야 일부러 들으러 가지 않아도 대충은 알지 않아? 야담가가 마치 자신이 보고 온 양 거짓말을 늘어놓는 식일 거야. 그것이 예술이 예술인 이유겠지."

"그래도 한 번은 내 눈으로 현장을 봐야 안심이 된다 말이야. 소설 따위 쓰려는 여성은 도대체 어떤 기모노를 입는지 도무지 짐작이 가지 않아. 설마 누구나 다 오시마 명주* 모조품을 걸치진 않을 테니."

"나도 요즘 유행하는 모조품의 이름은 몰라. 가짜에는 다이쇼라든가 개량이라든가 하는 형용사를 붙여 두면 되잖아."

아아는 언제나 술잔을 손에서 놓지 않는다.

"그런 사람들이 신는 게다는 대개 등나무 줄무늬가 있는 굽낮은 게다라네. 뒤쪽은 닳아서 붉은 흙이 들러붙어 있어야겠지. 느슨해진 끈 사이로 240밀리미터쯤 되는 커다란 발을 꾹 찔러넣고 옷자락을 몹시 팔짝거리며 밭장다리로 걷는 거야."

---

* 가고시마 오시마의 특산품으로 붓이 살짝 스친 것 같은 무늬가 많이 있게 짠 명주.

"너, '이'와 '에'는 발음이 달라야 해. 전차 안에서 소설을 읽는 여자의 이야기를 잘 들어보게나. 일단 열 중 아홉은 시골 사람일 테지만."

"요사이 도쿄 말이 점점 시대에 맞지 않는 듯한 느낌이야. 보통선거니 노동문제니, 이른바 시사에 관한 논의는 사투리가 없으면 어쩐지 조화롭지 않아 보여. 세련된 도쿄 말로는 내각 탄핵 연설도 못 하지 않겠어?"

"그렇고말고. 연설만이 아니야. 문학도 마찬가지야. 기분이니 감정이니, 어느 나라 말인지 모르겠는 단어를 쓰지 않으면 새롭게 들리지 않으니까."

아아는 일찍이 연우사* 작가들이 쓴 문장의 결점을 지적한 것처럼 당대인이 즐겨 사용하는 유행어, 예를 들면 발전, 공명, 절약, 배반, 선전 등 대부분 서양어 번역에서 나와 우리의 귀에는 썩 유쾌하게 들리지 않는 단어를 열거하기 시작했다.

"그런 이상한 말은 대개 도쿄에 있는 사람이 지어낸 말이야. 그리고 유행하는 이유는 옛날부터 쓰던 익숙한 말이 있는지 모르는 인간이 늘어난 결과야. 요즘 젊은 사람들은 비가 쏴쏴 쏟아지는 모습을 봐도 '바람비가 내리네, 좋은 날씨야'라고 말하

---

* 1885년 서구화주의에 대항하여 전통적인 에도 문화와 근대적인 사실주의를 내세우며 설립된 일본의 문학 결사.

지 않아. 저기압이라든가 폭풍우라든가 그러지. 인력거꾼에게
길을 물어보면 네거리를 십자로라느니 대략 1가 앞이라느니 한
다니까. 바로 건너편에 있는 곡식을 맡는 신님조차 몰라. 말이
안 통한달까. 목수나 정원사 중에 일을 끝내고 나서 '전부 완성
입니다'라고 말하는 녀석이 있더라고. 돈 계산은 회계, 수취는
청구라고 하더라."

아아가 시시덕거린 대로 나는 곧장 직원에게 회계라는 것을
부탁한 다음 술에 잔뜩 취한 채 그와 함께 장어 가게 2층을 내
려왔다. 전차가 다니지 않는 쓰키지 밤거리는 온통 새하얬고,
두 사람의 머리를 가린 지우산 위로 사각사각 떨어지는 눈송이
소리만이 들릴 만큼 고요했다. 하룻밤 자고 가라고 권했지만,
평소 튼튼한 다리를 자랑하는 아아는 "아니"라고 말하고는 취
기가 오른 채 혼고 집으로 돌아가기 위해 눈을 밟으며 쓰키지
다리 쪽으로 걸어갔다.

같은 해 5월, 그해부터 세었을 때 7년쯤 전에 내가 쓴 『미쓰
카시와 코즈에의 밤에 부는 폭풍』이라는 졸렬한 각본이 우연
히 제국극장 전속 여배우가 출연하는 그달 두 번째 연극으로
무대에 올랐다. 내가 제국극장 분장실에 출입한 것은 이때가
처음이었다. 목욕탕에서 갓 나온 전속 여배우들의 요염한 모습
을 본 것도 처음이었다. 제국극장은 이때 이미 흥행 10년이란
세월을 보낸 참이었다.

제국극장이 아직 준공되기 전, 아마 『미타문학』을 편집할 때이리라. 문단 선배들과 함께 제국호텔에서 열린 극장 만찬회에 초대된 적이 있다. 그리고 이번에는 내 작품이 무대에 오르는 저녁에 초대받는 영예가 주어졌다. 편협하기 짝이 없는 내 취향은 10년 동안 제국극장 관람석에 앉는 일을 주저하게 했다. 무엇 때문에 그랬는지는 오늘 말할 필요가 없지 싶다.

오늘 이야기할 내용은 예전에 극장에 가거나 연극을 보는 일이 어째서 드물었는지가 아니라, 지금 가거나 보는 일이 어째서 갑자기 빈번해졌는지다. 내 졸작이 무대에 오르기에 앞서 연습장 분장실에 간 뒤부터 제국극장을 자주 찾아갔고, 가끔 여배우를 근처 카페로 초대해 샴페인 술잔을 들어 올렸다. 쓸데없이 감이 뛰어난 사람이라면 금세 내 신변을 헤아려 연애라도 하지 않았는지 상상할 텐데. 파리에서 수입한 그림엽서에서 본 것처럼 무대 뒤 사랑이 과연 내게 있었는지 아닌지도 여기에서 말할 필요가 없다.

굳이 말하고자 하는 것은, 제국극장 전속 여배우를 매개 삼아 현대의 공기를 약간 접해보려 바라 마지않았다는 사실이다. 오랫동안 소노하치부시나 잇츄부시 같은 옛 가곡만을 즐겨 듣던 나는 편협한 자신의 옛 취미를 버리고 뒤늦게나마 시대의 새 노래에 귀를 기울이자고 마음먹었다. 과연 바라는 대로 줄무늬 면직물로 된 헌 옷을 벗고 견직물의 새로운 점무늬를 좇을 수 있을까.

현대사조의 변화는 그 신속함으로 인해 격류조차 헛되기 그지없다. 아침에는 참신하게 보이던 것이 저녁에는 진부하게 보인다. 하루아침의 꿈, 철 지난 부채의 탄식, 지금은 결코 궁체시*를 짓는 시인의 시대가 아니다. 이미 제국극장이 문을 연 지 10년이란 세월이 흘렀음을 말했다. 오늘날 제국극장 안팎 공기가 과연 시대의 흐름을 관찰하기에 충분한지 아닌지는 각자 보는 바에 맡길 수밖에 없다.

나는 쓰다가 도중에 그만둔 장편소설 속 모델을 제국극장에서 공연되는 서양 오페라 또는 콘서트 청중 가운데서 구하려고 몇 번이나 애썼다. 또 유라쿠좌에서 상영되는 번역극을 보러 오는 관객에게도 특별히 세밀한 주의를 기울였다. 겨우 현대 여인이 신는 신발에 대해 조금씩 알아가는 것 같았다. 동시에 소설 집필이 어렵겠다는 사실을 확실히 깨달았다.

무릇 예술 제작에는 관찰과 동정이 필요하다. 그리려는 인물을 작가가 깊이 동정하지 못하면, 그 작품은 으레 정감 없는 풍자에 빠지고 소설 속 인물은 그저 작가가 선보이는 꼭두각시에 그친다. 새로운 여성을 향한 내 작은 흥미는 신랄한 관찰을 즐

---

* 중국의 남조 양나라 후기와 진나라 때 유행한 시가로 가볍고 잔잔한 시풍이 특징이다.

기는 수준에만 머물렀고, 그 위로는 도저히 올라가지 않았다. 마음속에서 동정심이 일지 않았다. 나의 내면에는 이미 흔들리지 않는 견해가 자리 잡고 있었다. 이제껏 전해 배운 도덕관과 같은 심미관이다. 그 견해를 찢거나 깨뜨리는 일은 세상에서 보기 드문 비범한 재주가 아니면 이룰 수 없다.

내 눈에 비친 새로운 여성의 생활은 마치 여성 잡지 표지에서 봄 직한 석판인쇄 채색화와 조금도 다를 바가 없었다. 새로운 여성의 정서는 야시장으로 북적이는 교외 신시가지에서 고학생이 돈을 청하며 바이올린으로 연주하는 창가를 들을 때와 비슷한 느낌이었다. 고하루와 지혜에의 사랑을 말하기에 가장 적합한 것은 오사카의 조루리다. 우라자토와 도키지로의 사랑을 전하기에 가장 적합한 것은 도쿄의 조루리다.* 마스카니의 가극은 이탈리아어로 노래해야 제맛이다.

그렇다면 요즘 여성, 커튼에서나 볼 법한 염색 무늬가 있는 겉옷을 몸에 걸치고, 커다란 두건을 쓴 양 귀를 덮은 머리카락을 불룩하게 틀어 묶고, 데쳐서 빨개진 낙지를 매단 듯한 핸드백을 손에 들고 다니는 모습을 눈에 담아서 온전히 그려낼 수 있는 사람은 생각건대 그 모델과 시대를 함께 걸으며 같은 감정

---

* 조루리는 일본 전통 악기인 샤미센 반주에 맞춰 읊는 이야기 또는 노래. 고하루와 지혜에, 우라자토와 도키지로 모두 조루리 작품의 남녀 주인공들이다.

을 느끼는 작가이지 않을까. 에도시대에 다메나가 슌스이가 쉰 살 넘어 『매화꽃 구경하는 배』를 탈고하고, 류테이 다네히코가 예순 살까지 『시골의 겐지』를 지치지 않고 써낸 것은 단지 문장의 재능이 좋아서만은 아닐 게다.

이러한 사정으로 쓰키지 혼간지 절 근처에서 살 때 쓰던 백 매 남짓한 초고는 결국 담뱃대에 낀 댓진을 닦는 빔지 외에는 아무짝에도 쓸모없는 휴지가 되고 말았다. 하지만 그 초고를 쓰기 위해 수많은 날과 종이를 허비한 일을 후회하지 않는다.

나는 초고를 반드시 세키슈 생지*에다 쓴다. 서양지가 아닌 생지에 쓴 초고는 못 쓰게 되면 집 안 먼지를 털어내는 먼지떨 이를 만들기에 좋고 마구 구겨 부드럽게 해서 뒷간으로 가져가 면 아사쿠사 종이보다 훨씬 낫다. 휴지의 유용, 가치 없는 글자 가 죽 적힌 초고에 비할 바가 아니다. 내가 평소 문학에 뜻을 둔 사람에게 서양지와 만년필을 사용하지 말라고 설파하는 것 은 이 폐물 이용법을 알게 하려는 노파심이나 다름없다.

옛날 극장에는 작가 대기실이 따로 있었다. 극작가 일을 처 음 배우려고 하는 사람이 있으면 고참 작가는 배우의 대사를 뽑아 적는 법을 가르치기에 앞서 먼저 종이를 비벼 꼬아 끈을 만드는 일부터 시켰다. 막을 알리는 딱따기 치는 법을 가르쳐

---

* 시마네현의 서부 이와미 지방의 옛 이름으로 옛날부터 종이 생산지로 유명하다.

주는 것은 그 후의 일이다. 이를 나쁜 관습이라며 비웃은 적도 있지만, 지금 와서 생각하니 당연한 순서다. 끈을 꼬지 못하면 종이를 철할 수 없다. 종이 철하는 법을 모르면 대사 뽑아 적는 일을 제대로 할 수 없다. 일함에 있어 도구의 원리를 연구하는 과정은 조금도 이상하지 않다.

어떤 사람의 이야기에 따르면, 현재 문필을 업으로 삼은 사람 가운데 초고를 일본지에 쓰는 사람은 이쿠타 기잔과 나 둘뿐이라고 한다. 세상을 떠난 아아 또한 한 번도 만년필을 손에 쥔 적이 없다. 『명성』에 실린 모리 오가이가 만년에 쓴 초고를 본 적 있는데, 괘선 없는 반지에 붓으로 해서와 행서를 섞어 써 내려간 서체가 티 없이 맑고 아름다웠다. 거침없이 쑥쑥 벋어나 간 것이 곧바로 그의 글임을 알게 했다.

자주 집을 옮기는 나는 그때마다 치자나무 한 그루를 가져와 서 마당에 심는다. 단지 꽃을 감상하려는 이유만은 아니다. 그 열매를 따서 초고를 쓰는 생지에 괘선을 긋는 안료를 만든다. 치자나무 열매가 빨갛게 익어 여기저기서 터질 무렵이면 그해 겨울도 동지에 가까워지는 시절이다. 해가 빨리 지는 겨울날 마당에서 둥지로 서둘러 돌아오는 작은 새의 소리를 들으며 치자 를 따서, 추운 밤 고즈넉이 홀로 켜진 등불 아래 얼어붙은 손끝 을 녹이며 깨진 질냄비에 넣고 끓일 때의 정취란, 뭐라 말할 수 없다. 그렇게 만든 치자즙을 짜서 괘선을 그려 넣은 종이에 붓

을 갖다댈 때의 마음과 비교하면 훨씬 맑고 깨끗하리라. 하나
는 완전히 무심한 시간이고, 하나는 세밀한 작업의 고통과 퇴
고의 어려움으로 자주 긴 탄식이 흘러나온다.

올가을 이상하게도 재해를 피한 우리 집 마당에 겨울이 재
빨리 찾아왔다. 붓을 내려놓고 우연히 창밖을 내다보니 마당을
반쯤 비춘 석양에 잘 익은 치자가 불타올라 사람이 와서 따기
를 기다린다.

" 어쩐지 가짜 같은 느낌이라,

아무리 해도

인물이 활발히 움직이지 않더라고. "

나가이 가후

나의 가난 이야기

다니자키 준이치로谷崎潤一郎

1886년 도쿄도 출생. 1908년 도쿄대 국문과에 입학, 「문신」을 발표하며 문단에 등장했다. 1911년 학비 미납으로 퇴학당한 뒤 「소년」, 「비밀」 등을 써서 나가이 가후로부터 극찬받았다. 이후 탐미주의적 색채로 에로티시즘과 마조히즘을 그려낸 작품을 다수 선보이며 자신만의 독특한 문학세계를 구축했다. 1933년 수필집 『음예예찬』을 출간한 이듬해부터 고전 『겐지 이야기』를 현대어로 번역하는 작업에 들어가며 작품 역시 고전적 색채를 띠기 시작했다. 1943년부터 1948년에 걸쳐 오사카의 자매 이야기 『세설』을 완성했으며, 1958년 노벨문학상 후보로 추천된 이래 일곱 차례 후보에 올랐다. 고혈압으로 인한 건강 악화에도 꾸준히 글을 쓰던 그는 1965년 7월 30일 일흔아홉 살에 생을 마감했다. 「나의 가난 이야기」는 1935년 1월 잡지 『중앙공론』에 실린 글이다.

내가 가난한 가장 큰 이유는 글 쓰는 속도가 느리기 때문이다. 이 사실을 원고를 재촉하는 편집자들에게 늘 호소하는데, 그 정도가 얼마나 심한지 진심으로 이해하는 사람은 함께 사는 가족뿐이다. 편집자들은 적당히 흘려듣는 것 같아 억울하기 짝이 없다. 사실 일을 철저히 하지 않으면 직성이 안 풀린다거나 아주 고심해서 문장을 다듬는다거나 하는 점을 간판으로 내세우는 게 싫어서 나도 주저리주저리 설명하지 않는다.

나의 더딘 글쓰기는 그런 기특한 이유보다는 주로 체력 문제에서 비롯된다. 나는 꼼짝 않고 한 가지 생각을 하다 보면 정신적으로나 육체적으로나 금세 지친다. 끈기 있게 버텨봤자 20분이다. 젊은 시절부터 당뇨병을 앓은 탓이지 싶다. 여하튼 이런 사정으로 원고지를 앞에 두고 담배를 피우는 둥 뜨거운 차를 마시는 둥 소변보러 가는 둥 10분 20분 간격으로 여러 가지 가락을 넣는다. 잠깐 쉬어 호흡을 바꾸지 않으면 집중해서 사고하지 못한다.

가끔 어떤 대목이 잘 풀리지 않으면, 그 자리에서 섰다가 앉았다가 마셨다가 피웠다가를 점점 더 자주 되풀이한다. 담배를 한 대 피우고 나서 5분이나 10분 가만히 원고를 노려보고, 그래도 안 되면 이번에는 차를 마시고 또 노려본다. 그래도 안 풀리면 소변보러 나갔다가 내친김에 정원까지 걸어 다닌 뒤 돌아와 또다시 원고에 매달린다. 꽤 심하게 막힐 때는 원고가 나를 뒤엎어버리는 느낌이라, 후유 한숨을 내쉬며 바닥에 드러누워 천장을 응시한 채 반 시간에서 한 시간을 허비한다.

이러는 건 나뿐만이 아니겠지만, 나는 유독 심해서 한 시간 가운데 실질적으로 집필에 쓰는 시간이 10분에서 15분을 넘지 않는다. 다만 이 경우는 소설을 창작할 때로, 수필일 때는 조금 다르다. 이 계산이 과장이 아닌 증거로 문자 그대로 온종일, 그러니까 세수와 식사와 목욕과 아침저녁 신문 읽는 시간 이외에는 원고와 씨름하는데도 가장 성적이 좋으면 원고지 네 매, 나쁘면 두 매다.

젊었을 적에는 원고지 열 매란 최고 기록을 내기도 했다. 그게 요 몇 년 사이 갈수록 줄어들어 최근 기억을 더듬어보면 『슌킨 이야기』와 『갈대 베기』가 세 매 반에서 네 매, 『한국』이 두 매 반에서 세 매 정도였다. 지금도 쓸 때 정말 괴로웠다고 기억하는 작품은 『장님 이야기』. 방문객을 피해 고야산에 틀어박혀 오로지 작품에만 마음을 쏟았음에도 이백 매짜리 이야기를 탈고하면서 마지막까지 하루 두 매란 능률은 오르지 않았다. 『장님 이야기』는 준비 기간을 별도로 쳐도 100일 이상, 아마도 꽉 채워 넉 달이 걸렸다. 게다가 밤낮으로 쉬지 않고 새벽 2시나 3시까지 책상에 앉아 썼을 때의 성적이다. 만약 글 쓰는 사이 손님을 응대하거나 편지를 쓰거나 산책을 나갔다면 금세 영향을 받았을 게다.

내가 굼뜨지 않다면, 지금 온 힘을 다해 쓰는 하루치 원고를 오전 중에 다 쓴다면 오후 반나절은 유유자적하며 지낼 수 있을 테고 따로 '노는 시간'을 만들 필요가 없으리라. 사실 많은 작가가 날마다 잽싸게 일정한 양을 일한 후 산책을 하고 독서를 하고 친구를 만나고 잡무를 처리한다. 사람에 따라서는 한 달 걸릴 일을 일주일 또는 열흘 사이에 다부지게 해치운 뒤 남은 기간 느긋하게 생활하는 방식을 취하기도 한다.

　하지만 나는 알맞게 시간을 나눠 쓰지 못하기에 조금 긴 글을 집필하기 시작하면 놀기는커녕 관혼상제의 의리마저 저버린다. 그렇게 한 달 두 달 지내다 보면 세상과 아예 접촉 없이 살아갈 순 없는 노릇이니, 여러 가지 방해가 들어오고 이윽고 일이 늦어진다. 그러면 이번에는 겨우 일을 마무리하고도 노는 시간조차 가질 틈 없이 곧바로 다음 일에 달려들어야 한다.

　요즈음 아예 노는 시간과 일하는 시간이 구분되어 있지 않다. 매일 책상 앞에 앉아 일하는 사이사이 편지를 쓰거나 사람을 만나거나 산책을 나가거나 주변에 놓인 책을 주워 읽거나 하는 식이다. 따라서 일도 놀이도 어느 하나 깊숙이 몸에 배지 않아 늘 안절부절못하며 살아간다.

신문소설의 어려움

기쿠치 간菊池寛

1888년 가가와현 출생. 1910년 스물두 살의 나이로 제일고등학교에 입학해 아쿠타가와 류노스케, 구메 마사오와 친구가 되지만 졸업 직전 퇴학당했다. 졸업 자격 검정시험을 거쳐 교토대 영문과에 진학, 졸업 후 도쿄로 올라와 시사일보사에서 기자로 일하며 1916년 「아버지, 돌아오다」를 발표했다. 이후 전업 작가로 활동하며 1920년 마이니치신문에 『진주부인』을 연재해 인기 작가가 됐다. 1923년 1월 『문예춘추』를 창간해 신진 작가 발굴에 나섰다. 1935년 세상을 떠난 두 명의 친구 아쿠타가와 류노스케와 나오키 산주고를 기리며 아쿠타가와상(순수문학 대상)과 나오키상(대중문학 대상)을 만들었다. 또 『육지의 인어』, 『두 번째 키스』 등 쉰 편에 이르는 통속소설을 남겼다. 1948년 3월 6일 예순 살에 협심증으로 생을 마감했다.

「신문소설의 어려움」은 1925년에 발표된 글이다.

지금 나는 『육지의 인어』라는 신문소설을 쓰고 있다. 대체로 작가의 일 가운데 신문소설만큼 뼈가 휘도록 힘겨운 일은 없다. 작가 지옥 중 신문소설 지옥이야말로 가장 괴롭다. 『진주부인』을 쓸 때는 기력이 왕성했던 덕분인지 이토록 고달프지 않았건만, 이번에는 문득 푸념을 늘어놓고 싶을 정도다.

　바둑을 두든 장기를 두든 직업이 되면 전혀 재미있지 않은 모양인데, 작가도 창작할 때는 상당히 고통스럽다. 원고지 열 매나 스무 매짜리 단편을 쓰느라 시작하기 전에 사나흘, 끝낸 후에 사나흘은 헛되이 흘려보낸다. 사정이 이러한데도 신문소설을 연재하면 매일 한 회씩, 어떤 천재지변이 일어나더라도 반드시 써야 한다. 좋든 싫든 간에 쓰지 않으면 전국 백 수십만에 달하는 신문 소설란이 공백이 되어버린다. 이런 무거운 책임을 져야 하는 일이 또 있을까.

　나는 아침에만 일을 할 수 있는 사람이다. 신문소설은 한 회당 원고지 네 매면 충분하니 금세 쓸 듯해도 펜을 들기 전에 이미 두세 시간 허비한다. 다 쓰고 나면 일이 고된 만큼 두세 시간 넋이 나간다. 결국 하루에 활동하는 시간을 전부 신문소설에 뺏겨버리니 다른 일은 아무것도 할 수 없다. 특히 펜이 막다른 벽에 부딪혔을 때의 괴로움이란, 뼈를 깎아내는 것처럼 견디기 힘들다.

" 정말이지
하루에 책을 읽을
시간이 얼마 안 된다. "

독서와 창작

나쓰메 소세키夏目漱石

나쓰메 소세키는 1907년부터 도쿄대 교수를 그만두고 아사히신문에 전속 작가로 들어가 집에서 신문소설을 집필하며 책 읽기에 몰두했다. 영국에서 유학 생활을 할 때, 가난한 유학생에게 최고의 위안은 독서라며 밥값을 아껴 책을 사서 밤새 읽을 정도로 책을 좋아했다. 아울러 매주 목요일마다 그를 흠모하는 문학청년들이 집으로 찾아와 서재에서 밤새도록 자유롭게 문학을 토론했다. 이른바 '목요회'로 나쓰메 소세키가 죽을 때까지 계속 열렸는데, 아쿠타가와 류노스케, 구메 마사오 등도 참여한 바 있다.
「독서와 창작」은 1909년 2월 잡지 『중학세계』에 실린 글이다.

도무지 시간이 없어 독서를 못 하니 곤란하다. 신문소설을 쓰는 동안은 바빠서 당연히 책을 읽지 못하고, 겨우 다 쓰고 나면 이번에는 그때까지 손대지 않고 내버려 둔 서양 잡지 서너 종과 일본 잡지 그리고 외국에서 주문해 받은 책이 쌓여 있다. 그것도 읽어 보고 싶은데, 고새 젊은 친구들이 자신이 쓴 작품을 들고 와서 읽어봐달라, 비평해달라 조른다. 또 편지가 오면 답장을 쓰거나 손님이 오면 응대를 하느라 바쁘기 그지없다.

남들은 집에만 틀어박혀 있으니까 필시 한가하리라고 생각할지도 모르겠다. 웬걸, 그렇지도 않다. 학교에 나갈 때가 지금보다 손님이 적고 훨씬 여유로웠다. 여하튼 이런 식이면 어쩔 수 없기에 사이사이 틈을 봐서 독서하려고 애쓰건만 별로 읽지 못해서 난감하다.

그나마 요즘 읽는 것은 서양 책뿐인데, 소설만이 아니다. 원래 어떤 분야의 책이든 읽는다는 행위 자체를 좋아하므로 윤리학, 심리학, 사회학, 철학, 회화 등에 관한 책도 즐겨 읽으려고 한다. 하지만 생활 습관이 어느 쪽이냐 하면, 아침에는 늦게 일어나고 저녁에는 일찍 잠자리에 드는 편이다. 하여 때마침 손님도 없고 독서하기에 가장 바람직한 밤에는 몸이 허락하지 않는다는 사정이 있다. 말할 것도 없이 드러누우면 금세 잠들기에 잠자리에서 책을 읽는 일도 없다. 정말이지 하루에 책을 읽을 시간이 얼마 안 된다.

창작 쪽은 반드시 써야 한다는 의무가 있으면 펜을 들 마음이 생긴다. 펜을 들면 약간의 감흥이 솟아날 뿐, 대단히 흥미롭지도 않거니와 대단히 고통스럽지도 않다. 쓰기 시작하면 펜은 빠르지도 느리지도 않은, 아마 보통 속도이리라. 원고는 한 번에 써 내려간 다음 나중에 오탈자를 수정한다. 시간은 밤이든 아침이든 낮이든 별로 상관없지만, 언제가 됐든 펜을 쥔 채 움직이는 만큼 괴롭기는 하다. 다만 쓰기 시작하면 거드름을 피우며 일부러 펜을 늦추는 일은 절대 하지 않는다.

1914년 '소세키산방'이라 불리던 와세다 미나미초 자택 서재에서.
나쓰메 소세키가 좋아하던 자단나무로 만든 앉은뱅이책상과
커다란 화로가 놓여 있었다.

메모

호리 다쓰오 堀辰雄

호리 다쓰오의 만년 대표작으로 한 소설가를 사랑했던 어머니와 딸인 '나오코'
의 인생을 다룬 『나오코』는 단편 세 편으로 구성되어 있다. 1934년 『문예춘추』
10월호에 프롤로그격인 「이야기 속 여인」(후에 「느릅나무 집」 1부)을 발표한 이
후 후속편을 쓰지 못하다가 1939년부터 집필을 시작해 1941『중앙공론』 3
월호에 본편인 「나오코」를, 이어 『문학계』 9월호에 「자각」(후에 「느릅나무 집」
2부)을 발표했다. 7년여 만에 『나오코』를 완성한 호리 다쓰오는 "작품의 좋고
나쁨을 떠나, 작가인 나로선 태어나 처음으로 정말로 소설다운 소설을 쓴 것 같
은 기분이다"라고 밝혔다.
「메모」는 1940년 4월 잡지 『문학계』에 실린 글이다.

뭔가 써야겠다고 마음먹고 이것저것 궁리해도 무심코 게으름을 피워서(게으름만큼 내 건강에 좋은 것은 없기에) 좀처럼 계획한 대로 글이 써지지 않는다. 뭐, 하나의 소설을 완성하고 나면 그 뒤에는……. 이렇게 생각하지만 그 녀석이 떠오른 지 벌써 1년이나 지났음에도 아직 쓰지 못하고 있다.

요즘은 배수진을 칠 작정으로 호텔 방 하나를 빌려 매일 오간다. 어떻게든 실마리를 잡으려고 종일 틀어박혀 애쓰다 보니 같은 호텔에 기시다 구니오 씨가 역시 일 때문에 쭉 머물고 계신 줄은 전혀 몰랐다. 며칠 전 고바야시에게 잠깐 갔더니 미요시가 와 있었다. 지금 기시다 씨에게 놀러 갈 건데 같이 가자고 했다. 나도 그 호텔에 있다고 미처 말하지 못한 채 그대로 두 사람을 따라갔다. 결국 호텔에 도착하고 나서야 우스꽝스러운 일이 벌어질까 봐 털어놓았다.

기시다 씨는 남향 베란다가 있는 방에 묵고 계셨다. 일주일가량 같은 호텔에서 일했건만 얼굴 한 번 본 적 없이 그날 처음으로 인사를 건넸다. 흐린 날씨에 2시께부터 다 시든 잔디밭에 면한 베란다에서 맥주를 마시며 넷이서 거리낌 없이 시원스레 이야기를 나눴다. 다만 나는 맥주를 못 마시기에 가끔 수다에 지치면 유리창 너머 솔숲 위를 아무런 기색 없이 움직이는 구름을 바라보며 내 소설 속 여주인공을 생각했다.

조금 다른 이야기지만, 마침내 소설이 써질 것 같으면 평소 사람 만나기를 귀찮아하는 편인데도 나는 갑자기 만날 약속을 잡거나 뭔가 볼일을 만들어 시내에 나가고 싶어진다. 왠지 소설에 인생의 공기를 불어넣는 느낌이 들어서일지도 모른다.

여하튼 베란다에서 네 명이 주고받은 잡담은 재미있었다. 특히 고바야시의 소설론을 귀 기울여 들었다. 고바야시가 소설론을 써주면 좋겠다고 생각했다. 좀처럼 쓰지 않는 것은 성가시기 때문이려나. 쓰게 되면 모두가 알아들을 수 있도록 알맞은 단어를 찾는 일만으로도 고될 테니까. 다행히 작가끼리라면 그저 암호 같은 단어 몇 개만으로도 금세 서로가 하고 싶은 말이 무엇인지 알아챈다.

정말로 인간이 서로 좀 더 간단한 말로 마음 깊은 뉘앙스까지 알 수 있다면 얼마나 좋을까? 사실대로 말하자면 잠시 고바야시의 소설론을 소개하고 싶어서 이 메모를 쓰기 시작했다. 하지만 내 말로 번역하면 결국 내가 받아들인 이데아밖에 나오지 않을 게 뻔하니 그만두련다. 대신 고바야시에게 언젠가 써보라고 적극적으로 권해야겠다. 베란다에서의 잡담은 9시까지 이어졌다. 자, 이제 바깥 공기를 꽤 마셨으니 그만 나의 나오코 한테로 돌아가야겠다.

" 인간이 서로

좀 더 간단한 말로

마음 깊은 뉘앙스까지

알 수 있다면 얼마나 좋을까? "

호리 다쓰오

세 편의 연재소설

에도가와 란포江戸川乱歩

1894년 미에현 출생. 1916년 와세다대를 졸업한 뒤 헌책방 주인, 편집기자를
거쳐 1923년 「2전짜리 동전」으로 문단에 데뷔했다. 필명 에도가와 란포는 '에
드거 앨런 포'에서 따왔다. 1925년 「D언덕의 살인 사건」에 탐정 '아케치 고고
로'를 처음 등장시키며 「심리시험」, 「다락방의 산책자」 등을 발표해 큰 인기를
끌었다. 이후 추리, 탐정, 환상 등 다양한 장르를 넘나들며 폭넓은 독자층을 확
보했는데, 1931년 첫 전집이 출간되자 24만 부나 팔렸다. 1936년 검열이 심해
지자 소년용 탐정물로 전향해 걸작을 다수 남겼다. 만년에는 '탐정작가클럽'을
조직해 평론가로 활동하는 한편 '에도가와란포상'을 제정해 신진 작가 발굴에
힘썼다. 1965년 7월 28일 일흔한 살에 세상을 떠났다.
「세 편의 연재소설」은 1954년 11월에 출간된 『탐정소설 40년』에 실린 글이다.

나는 30년 작가 생활 동안 매우 다작하던 시기가 두세 번 있다. 1926년은 최초의 다작기였다. 전업 작가가 된 1925년에도 그때까지에 비하면 많이 쓰긴 했어도 단편 열일곱 편, 수필 여섯 편에 불과했다. 그 수가 부쩍 늘어 1926년에는 장편 다섯 편, 단편 열한 편, 수필 서른세 편이 되었다. 그중에는 연말에 시작해서 이듬해까지 이어진 작품이 두 편, 서너 번 만에 중단한 작품이 하나 있다. 연초에 월간 하나, 순간 하나, 주간 하나를 동시에 시작해서 상당히 바쁘게 일할 각오를 했건만, 연말에 신문소설을 또 하나 시작했다. 착상이 부족한 나로서는 버거울 정도였다.

1925년 잡지 『고락』에 실린 「인간 의자」가 독자 투표에서 1위를 차지한 덕분인지, 가와구치 마쓰타로 편집장은 1926년 신년호부터 내 생애 첫 장편 연재를 주문했다. 나는 원래 단편 체질이라 긴 이야기의 줄거리 구상이 서툴렀기에 이제껏 진정한 의미로 수미일관한 장편소설을 한 번도 쓰지 않았다. 그러면서도 어떻게든 죽기 전에는 새로운 형식의 본격 장편 탐정소설을 한 편이라도 쓰고 싶다는 야심을 아직껏 버리지 못했다.

『고락』의 첫 장편 의뢰도 거절했어야 옳았다. 그런데 명예욕이, 저널리스트 정신이 제멋대로 설치며 허영심을 부추기는 바람에 실력과는 상관없이 받아들이고 말았다. 그런 순수한 생각만으로는 전업 작가로서 살아갈 수 없다는, 누구나 느끼는 곤란한 문제가 마음 한구석에 있었음은 말할 필요도 없다.

여하튼 일을 맡아 한 회 분량으로 원고지 마흔 매를 썼다. 결말을 어떻게 할지 구상은 전혀 서 있지 않았다. 물론 이런저런 생각은 많았지만, 정리되기 전에 첫 번째 원고 마감이 닥쳐왔기에 여하튼 발단을 써야 했다. 참으로 무책임한 이야기다. 나는 이야기의 발단만큼은 꽤 솜씨 좋게 쓰는 남자다. 탐정 작가끼리 모여 연작을 할 때면 늘 첫 회를 맡았다. 발단을 풀어내는 재주를 높이 샀는지도 모른다.

『고락』에 실린 첫 회도 가와구치 편집장에게 크게 호평받았다. 첫 회 원고를 건네고 잡지가 나오길 기다리며 가와구치 편집장과 함께 롯코 구라쿠엔 온천에 갔는데, 탕 속에서 서로 알몸을 바라보며 "첫 회 원고는 다니자키 준이치로풍이네"라고 칭찬해줬다.

그때 나는 뭔가 에로틱하면서도 오싹한 글을 쓸 작정이었다. 마음속 저널리스트는 탐정소설보다 농염한 괴기소설이 더 환영받으리라고, 이제껏 해온 두세 편 단편으로 충분히 알았다. 그렇다고 벼락치기는 아니었다. 원래 내 안에는 탐정 취미와 더불어 에로틱한 면이 다분했다. 그걸 조금씩 꺼내 보이자 반응이 좋았다. 다소 우쭐대는 마음도 생겼다.

지금까지 연재물은 모두 줄거리가 거의 완성되지 않은 상태에서 첫 회를 썼다. 그래서 제목을 정할 때 꽤 애를 먹었다. 『고락』에 실린 글도 무척 고생했다. 어떤 내용이 펼쳐져도 어울릴 만한 제목을 찾느라 머리를 쥐어짰다. 처음에는 '어둠 속에서 꿈틀거리는 것'이라고 붙였다. 이 제목으로 예고도 내보냈다. 그러다 첫 회 원고를 건네줄 무렵 아무래도 너무 긴 듯해 '어둠에서 꿈틀거리다'로 고쳤다.

가와구치 편집장은 이 소설을 아주 잘 대우해줬다. 원고료가 오른 것은 물론이고 신문 광고에서 비중 있게 다뤄 장사꾼인 나를 기쁘게 했다. 이미 잡지 『킹』*이 발행되던 터라 신문 한 면 전체에 잡지 광고가 실리는 게 드문 일은 아니었지만, 『고락』도 못지않게 화려한 선전을 펼쳤다. 그해 신년호는 대대적으로 각 유력 일간지에 반면 또는 전면 광고를 내보냈다. 기쿠치 간, 사토미 돈, 다야마 가타이, 요시이 이사무, 나가타 미키히코, 사사키 구니 등 유명 작가 이름과 작품 제목이 초호활자로 쭉 찍혀 있었다. 그중에서 내 작품과 마야마 세이카 씨의 『네즈미코조 지로키치』 두 개만 특별 취급을 받았다. 제목 좌우에 떡하니 장문의 선전 문구가 검은 바탕에 하얀 글씨로 달려 있었다.

---

* 1924년 11월에 창간된 대중잡지로, 발행 직전 거의 모든 일간지에 전면 광고를 게재하는 등 공격적인 마케팅을 벌이며 일본 출판 역사상 처음으로 발행 부수 100만 부를 돌파했다.

그 후 요코미조 세이시* 군을 만났는데, 신문 광고 크기가 눈에 띄었던 터라 화제에 올랐다. "광고에서 아무리 찾아도 당신 소설이 안 보이길래 처음에는 어라? 실리지 않은 건가 싶었다네. 그러다 불쑥 눈에 들어오더군. 검은 바탕에 흰 글씨로 큼지막하게 쓰여 있는 게. 너무 커서 안 보였던 거야. 포의 소설에서 지도 속 지명이 큰 글자로 쓰여 있을수록 찾기 어려운 것과 같다고나 할까." 이렇게 말하며 요코미조 군은 웃었다.

훗날 강담사 잡지에 연재를 하면서부터 새로운 장편을 시작할 때마다 전면 광고에 내 소설 제목이 3분의 1가량을 차지할 만큼 크게 쓰여 있기 일쑤라, 더는 아무런 감흥이 일지 않았다. 아니, 오히려 순수한 편인 나는 몹시 부끄러웠다. 하지만 이때만 해도 아직 경험이 없었기에 그 대형 광고가 상당히 당황스러우면서도 용기가 솟았다. 동시에 신경질이 났다.

『어둠에서 꿈틀거리다』는 3회째까지 오사카에 거주하던 시기에 썼던 것으로 기억한다. 줄거리가 잘 풀리지 않아 괴로워하면서도 그럭저럭 써내다가 1926년 1월에 온 가족을 데리고 도쿄로 이사한 뒤부터 점점 궁지에 빠져 가와구치 편집장 아래에

---

* 요코미조 세이시(橫溝正史 1902~1981) 약국에서 일하며 틈틈이 투고를 해오다가 1926년 에도가와 란포의 권유로 편집자로 일했다. 이후 창작 활동에 매진, 탐정 '긴다이치 코스케'가 등장하는 시리즈로 일약 인기 작가가 됐다.

서 일하던 사시카타 류지 군에게 적잖이 폐를 끼쳤다. 『고락』은 월간지이기에 신년호가 12월 초에 발행된다. 첫 회 원고 마감은 10월 말쯤이었다.

그보다 훨씬 뒤에 『선데이 마이니치』와 『사진 통지』에서 연재 청탁이 들어왔다. 둘 다 첫 회를 12월 들어서 썼다. 그즈음 도쿄로 이사 가기로 마음먹고 이미 셋집까지 구해서 이사 준비를 하느라 어수선한 나날이었다. 그러는 와중에 두 곳에 연재할 1회분 원고와 2회분 원고를 썼다. 『선데이 마이니치』는 「호반정 사건」, 『사진 통지』는 「공기남」이라는 작품이었다.

『선데이 마이니치』는 마이니치신문 기자였던(아마도 사회부 부부장) 가스가노 미도리 군을 통해 의뢰를 받았다. 그때 가스가노 군은 하나 더 중대한 용건을 들고 왔다. 도쿄 이전을 그만두고 『선데이 마이니치』 편집부(당시는 오사카에 있었다. 도쿄에 사는 작가에게도 오사카에서 사람이 가서 의뢰했다)에 들어오지 않겠느냐는 얘기였다. 편집장은 아니지만 상당한 우대를 해주겠다, 다른 잡지에 소설을 써도 괜찮다고 했다.

당시 내 원고료는 그리 높지 않았다. 또 앞으로 소설가로서 계속 일을 해나갈 자신이 없었기에 얘기를 듣자마자 약간 마음이 움직였다. 하지만 생각해보니 아무리 잡지 편집이라고 해도 매일 출근하는 일이라면 넌더리가 났다. 모처럼 자유 직업인으로 발을 내디뎠는데 이제 와 새삼스레 얽매이고 싶지 않았다.

게다가 편집자 경험이 별로 없는 나를 고용하려는 이유는 필시 전속 작가인 양 『선데이 마이니치』에 주로 글을 쓰게 하려는 속셈은 아닐까 싶었다. 원하는 바는 아니었다. 결국 편집부에 들어오라는 얘기는 거절하고 연재소설 의뢰만 받아들였다.

『선데이 마이니치』 편집장은 와타나베 히토시 씨였다. 가스가노 군을 통해 얘기를 주고받았기에 오사카에서는 거의 만나지 못했다. 그러다 도쿄로 옮기고 나서 원고가 자꾸 늦어지는데다 휴재까지 해버리는 바람에 와타나베 편집장이 일부러 우리 집까지 찾아와 독촉했다. 와타나베 편집장은 후에 나고야의 고사카이 후보쿠를 중심으로 구니에다 시로, 하세가와 신, 하지 세이지, 히라야마 로코 그리고 나도 가세해 만든 합작 동인 '탐기사'에 『선데이 마이니치』 편집장으로서 종종 얼굴을 내비치러 오기도 했다. 그 후 십수 년 연락 없이 지내던 차에 한 달 전쯤 와타나베 씨가 손수 쓴 사망 통지가 와서 깜짝 놀랐다. 생전에 써둔 사망 통지를 인쇄한 엽서였다. 그리 친한 사이는 아니었기에 그에게 이런 면이 있는 줄 몰랐다. 뭔가 허를 찔린 듯 묘한 감명을 받았다.

여하튼 「호반정 사건」 첫 회도 여느 때처럼 호평받았다. 가스가노 군은 마이니치신문사 중역 가운데 누군가(이름은 잊어버렸다) 첫 회 원고를 읽고 극찬했다는 소식을 전해줬다. 물론 이 소설도 플롯을 거의 완성하지 못한 채 마감에 쫓겨 어찌어찌 첫 회를 썼다.

집에 소형 잠수함의 잠망경 같은 장치를 만들어 놓고 하녀방을 들여다보며 기뻐하던 남자가 그 장치를 들고 온천장에 가서 여관 욕실에다 설치한 뒤 자기 방에서 욕실을 엿보며 즐거워한다, 그때 잠망경 속에서 단도가 번쩍이고 새하얀 아름다운 인간의 피부에서 새빨간 피가 흐르는 장면이 클로즈업된다. 이 광경만 생각했을 뿐, 이후 범인 발각 과정 등 무엇 하나 구상하지 않고 써 내려갔다.

이런 고백은 여태껏 내 작품을 읽은 독자에게는 뭐라 말할 수 없을 만큼 미안한 일이다. 그런데 「파노라마섬의 기담」을 제외하고는 내 과거 연재소설은 정도의 차이만 있지, 전부 이런 식이었다. 일반 소설은 쓰는 동안 등장인물이 제멋대로 움직이니 이렇게 써도 지장이 없지만, 탐정소설은 이래서야 제대로 된 작품이 나올 리 없다. 그렇다면 왜 충분히 줄거리를 궁리한 다음 글을 쓰지 않았느냐고 반문할 텐데. 과거의 나는 아무리 애써도 그럴 수 없었다.

줄거리를 구상하기 전에 첫 회 마감이 다가온다는 것은 실은 핑계고 또 다른 이유가 있지 싶다. 나는 성격상 호흡이 짧은 단편형 작가일지도 모른다. 그런데도 남의 흉내를 내며 무리하게 연재물을 쓴 탓에 저런 결과가 됐을지도 모른다. 그것밖에는 짚이는 데가 없다. 좀 더 깊이 자기 분석해볼 필요가 있다. 어떤 영문인지 깨닫기 전에는 장편소설을 쓸 수 없으리라.

그런 까닭으로 「호반정 사건」도 『어둠에서 꿈틀거리다』와 마찬가지로 도쿄로 이사 오고 나서 잘 풀리지 않아 편집부에 적지 않은 폐를 끼쳤다. 오사카에서 쓴 1회와 2회 원고는 나중에 줄거리를 어떻게 이끌어갈지 몹시 불안하긴 했어도 일단은 순조로운 출발이었다.

『어둠에서 꿈틀거리다』 삽화는 비어즐리 작풍의 펜화로 이와타 센타로 군과 요염한 아름다움을 겨루던 야마나 아야오 씨가 그려주었다. 「호반정 사건」은 신문사 사원이자 잡지 전속 작가였던 나고시 구니사부로 씨가 멋진 솜씨를 발휘해주었다. 나고시 씨와는 만난 적도 없고 지금 건재한지 어떤지도 모른다. 이 사람 역시 비어즐리 작풍의 펜화를 자주 그렸는데, 이와타와 야마나 두 화백보다 아마 선배였지 싶다. 나는 나고시 씨의 그림이 정말 좋았다. 그 후 여러 화가가 삽화를 그려줬지만 나고시 씨만큼 깊은 감명을 준 적은 없다.

다음으로 순간 『사진 통지』에 연재한 「공기남」. '두 명의 탐정 소설가'라는 제목으로 크게 예고가 나갔다가 후에 '공기남'으로 고쳤다. 두 사람의 괴짜 탐정 작가가 있다, 그중 한 사람이 건망증에 걸려 점점 악화한 끝에 어제 일조차 잊어버리니 마치 공기처럼 미덥지 못한 남자라는 의미에서 친구가 '공기남'이라고 부른다. 건망증이 있는 남자와 없는 남자, 두 명의 괴상한 청년이 따분한 나머지 탐정놀이를 하거나 탐정소설을 써서 잡지에 보낸다. 두 사람 다 멋들어지게 글이 잡지에 실리지만 금세 다시 지루해지고, 앗 소리를 질러댈 법한 갖가지 장난을 서로 되풀이하는 사이 마침내 실제로 범죄 사건이 일어난다는 구상이었다.

이 작품도 물론 결말을 어떻게 가져갈지 갈피를 잡지 못한 채 쓰기 시작했다. 다행히 서너 번쯤 썼을 때 『사진 통지』가 폐간된 덕에 다른 두 연재처럼 고생하지 않고 끝났다. 이후 전집 4권에 「호반정 사건」과 함께 수록됐는데, 전집본은 55쪽 분량이다.

어느 하루

하야시 후미코 林芙美子

1903년 후쿠오카현 출생. 어린 시절부터 행상하는 부모를 따라 여러 지방을 떠돌아다녔다. 1922년 여학교 졸업 후 도쿄로 올라와 사무원, 카페 여급 등으로 생계를 이어가며 글쓰기에 몰두했다. 1930년 자신의 경험을 간결한 일기체로 고백한 『방랑기』로 일약 인기 작가가 됐다. 그 인세로 1931년 11월 혼자 유럽으로 여행을 갔다 이듬해 돌아와 1933년 『삼등여행기』를 펴냈다. 1935년 사소설적 소설에서 벗어난 단편 「굴」을 발표하며 문단의 인정을 받았다. 이후 여성 자립과 사회 문제를 파고드는 작품을 꾸준히 선보인 결과 1948년 여류문학자상을 수상했다. 유명 작가가 됐음에도 원고 청탁을 거절 안 해서 1949년부터 1951년에 걸쳐 연재 아홉 편을 진행하며 건강을 해친 끝에 1951년 6월 28일 마흔여덟 살에 심장마비로 사망했다.

「어느 하루」는 1937년 1월 30일에 쓴 일기다.

이른 아침 4시 기상. 잡지 『개조』에서 청탁받은 원고를 쓰기 시작한다. 9시 30분까지 스물한 매를 완성한다. 낮에 『개조』 편집자인 미즈시마 하루오 씨가 찾아왔다. 미즈시마 씨와는 10년 가까이 알고 지낸 사이로 언제나 청년처럼 힘이 넘친다. 늘 그렇듯 커다란 파이프를 물고 있다. 원고를 조금 더 기다려주겠다고 해서 마음이 놓였다. 상황을 살펴보러 왔다는 말에는 눈시울까지 뜨거워졌다. 고맙기 그지없다. 마침 니시하라 고마쓰 부인이 왔길래 미즈시마 씨와 셋이서 산푸쿠식당에 가서 전골을 먹고 이세탄백화점 앞에서 두 사람과 헤어졌다. 기노쿠니야서점에서 가와모리 요시조 선생이 번역한 『마농 레스코』를 샀다. 이와나미 문고판은 가장 싸고 양심적이라 좋다. 무사시노관에서 독일과 소비에트의 군대 뉴스, 히말라야에 도전하는 영화를 봤다. 저녁 무렵부터 가랑비가 내리다가 말다 한다. 신문을 읽으면 우울해서 견딜 수 없다. 무엇보다 시국이 불안하다. 하야시 센쥬로 대장에게 총리라는 임무가 주어졌단다. 어찌 됐든 나는 오늘도 아등바등 글을 써 내려간다. 그것 말고 다른 길이 없는 신세니.

1937년 1월 30일

3장, 이렇게 글 쓰며 산다.

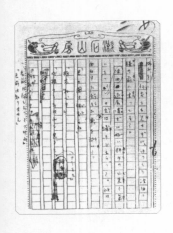

문인의 생활

나쓰메 소세키 夏目漱石

나쓰메 소세키가 1907년 당시 아사히신문의 전속 작가가 되면서 받은 월급은 200엔. 거기에 1년에 두 번 상여금 200엔이 나왔다. 당시 기자 초임 월급이 30엔쯤, 도쿄대 교수 월급이 150엔쯤 했다. 그리고 와세다 미나미초로 이사해 1916년 세상을 떠날 때까지 살았다. '소세키산방'이라 불리던 이 집은 원래 의원으로 지어진 탓에 주거 공간 외에 진료실이 있었는데, 그는 진료실에 마루를 깔고 앉은뱅이책상과 책장을 놓아 서재로 꾸몄다. 그 서재에서 『산시로』, 『그 후』, 『마음』 등을 썼다.

「문인의 생활」은 1914년 3월 22일 아사히신문에 실린 글이다.

내가 막대한 부를 쌓았다느니 굉장한 저택을 지었다느니 땅과 집을 사고팔아 돈을 벌었다느니, 갖가지 소문이 세간에 떠도는 모양이지만 다 거짓말이다. 엄청난 재산을 모았다면 이런 더러운 집에서 살 턱이 없다. 땅과 집을 어떤 경로로 사들이는지조차 알지 못한다. 이 집도 내 집이 아니다. 셋집이다. 매달 집세를 내고 있다. 세상의 소문이란 게 무책임하기 짝이 없다.

먼저 수입부터 생각해보자. 어떻게 막대한 부를 쌓을 수 있으랴. 이렇게 말하면 수입은 얼마냐고 물어볼지도 모르겠다. 고정 수입이라고 해봤자 아사히신문사에서 받는 월급뿐이다. 월급이 얼마인지, 내 입으로 말해도 괜찮을지 어떨지. 듣고 싶으면 회사 쪽에 물었으면 좋겠다. 그리고 나머지 수입은 책값이다. 지금껏 쓴 게 열대여섯 종이고 모두 인세를 받는다. 그렇다면 또 인세는 몇 퍼센트냐고 물을 텐데, 다른 사람보다 조금 높다고 들었다. 이걸 말해버리면 출판사가 곤란해하려나.

가장 많이 팔린 책은 『나는 고양이로소이다』로 기존 국판본 외에 요사이 따로 작게 인쇄한 문고본이 나왔다. 양쪽을 합쳐 35판을 찍었고 부수는 초판이 2천 부, 재판부터는 거의 1천 부였다. 무엇보다 이 35판은 상권이 그렇다는 얘기고 중권과 하권은 훨씬 판수가 적다. 여하튼 얼마의 인세를 받는 탓에 내가 책을 팔아 돈을 벌어들인다고 알려진 셈이다.

애초 나는 책을 써서 파는 일을 되도록 하고 싶지 않았다. 팔게 되면 크든 작든 욕심, 그러니까 평판을 높이고 싶다거나 인기를 얻고 싶다거나 하는 생각이 알게 모르게 생긴다. 그러다 보면 품성과 책의 품위가 얼마간 비루해지기 십상이다. 이상적으로 말하면 자비로 출판해 동호인들에게 공짜로 나눠주는 것이 제일 좋지만, 나는 가난뱅이이기에 불가능하다.

의식주에 대한 집착은 나 역시 없지 않다. 멋있는 옷을 입고 맛있는 음식을 먹고 근사한 집에서 살고 싶지만, 그것이 안 되기에 이런 곳에 만족하며 살아간다. 아름다운 옷을 좋아한다. 다만 구태여 유행을 좇을 마음도 없고 이제 나이가 들어 멋을 부려도 쓸데없기에 아내가 입혀주는 대로 잠자코 입을 따름이다. 다른 사람이 좋은 옷을 걸친 모습을 보면 멋지다고 느낀다.

음식은 술을 즐기는 사람인 양 담백한 맛보다 진한 맛에 끌린다. 중국요리나 서양요리가 제일이고 일본요리는 별로다. 이 중국요리, 서양요리도 미식가라고 불리는 사람처럼 어디에 있는 어느 가게가 아니면 먹지 않을 만큼 미각이 뛰어나지 않다. 어린애 입맛이라 기름기 많은 음식을 좋아할 뿐이다. 술은 잘 못 마신다. 전통술 한 잔쯤은 맛나게 넘기지만 두세 잔이 되면 더는 넘어가지 않는다.

그 대신 과자는 먹는다. 이것도 있으면 먹는 정도지, 일부러 사서 먹고 싶을 만큼은 아니다. 차도 맛있다고 생각하며 마시지만 찻잎을 우려내는 방법은 알지 못한다. 담배는 피운다. 한

때 끊었던 적도 있는데 담배 안 피우는 게 특별히 자랑거리도 아니라서 다시 피우기 시작했다. 너무 피워서 혓바닥이 까슬까슬해지거나 위가 나빠지면 잠깐 멈췄다가 나으면 또 피워댄다. 늘 집에 놓여 있는 것은 '아사히'다. 가격이 얼마인지 몰라도 싼 모양인지, 아내가 아사히만 줄곧 사서 두기에 아사히를 피운다. 외출해서 담배를 사야 할 때는 '시키시마'를 산다. 10전짜리 동전 하나를 건네주면 거스름돈을 받지 않고 끝나서다. 아사히보다 맛이 좋은지 나쁜지는 잘 모르겠다.

집에 대한 취미는 남들만큼 있다. 요전에 아자부에 가서 골동품점을 돌며 눈요기를 하고 왔다. 오는 길에는 남의 집을 구경했다. 조금 눈에 띈다 싶은 집을 한 채 한 채 들여다보며 저마다 점수를 매겼다. 집을 짓는 일이 일생의 목적도 뭣도 아니지만 마침내 돈이 생긴다면 집을 지어보고 싶단 생각은 한다. 그러나 가까운 장래에 될 성싶지 않으니 어떤 집을 지을지 따로 설계해본 적은 없다.

지금 사는 집은 방이 일곱 칸쯤 된다. 내가 두 칸을 쓴다. 아이가 여섯 명이나 있기에 비좁다. 집세는 35엔이다. 집주인은 다른 곳과 시세를 맞춰야 하니 40엔이라고 말하라고 하지만 딱히 거짓말할 이유가 없기에 남들에게 솔직히 35엔이라고 말한다. 집주인이 화낼지도 모른다. 땅 평수가 삼백 평이라 정원이 좁은 편은 아니다. 정원에서 자라는 나무는 전부 손수 심었다. 이런 정원이 딸린 집이라면 35엔이나 40엔으로는 빌릴 수 없으리라. 그런데 정원사라는 사람은 제멋대로라서 한 번 손질을 부탁하면 이쪽에서 부르지 않아도 때때로 젊은 사람을 데리고 일하러 온다. 한 달 남짓 정원 근처에서 톡톡 톡톡 소리를 내기도 한다. 따로 거절하기 뭐해서 아무 말도 하지 않고 있지만 제법 돈이 나간다.

더 밝은 집이 좋다. 더 깨끗한 집에서 살고 싶다. 서재 벽은 군데군데 떨어져 나갔고 천장은 빗물이 새서 얼룩이 졌다. 상당히 지저분하지만 천장을 올려다보는 사람은 그다지 없으니까 이대로 놔둘 생각이다. 무엇보다 다다미가 안 깔린 마루가 문제다. 널빤지 사이사이로 바람이 들어와 겨울이면 추워서 견딜 수가 없다. 채광 상태도 나쁘다. 여기에 앉아 읽고 쓰는 일이 괴로워도 신경 쓰기 시작하면 끝이 없기에 개의치 않으려 한다. 얼마 전 어떤 사람이 천장을 도배할 종이를 보내준다고 했지만 거절했다. 특별히 내가 이런 집을 좋아해서 이렇게 어둡고 더러운 집에 사는 것은 아니다. 어쩔 수 없이 살 뿐이다.

오락이란 것에는 별로 욕구가 없다. 당구는 물론 바둑도 장기도 아무것도 모른다. 연극은 요사이 어떤 일을 하는 김에 잠깐 보긴 했는데, 저절로 머리가 숙어지는 심정으로 볼 만한 작품은 하나도 없었다. 재밌다고도 물론 생각지 않는다. 음악도 마찬가지다. 서양음악 가운데 뛰어나다는 작품을 듣는다면 어떨지 모르겠다. 지금까지 그런 서양음악을 못 들어본 탓에 좋은 서화를 볼 때만큼의 감정을 아직 한 번도 느낀 적이 없다. 일본음악은 더욱더 시시하다. 그나마 요쿄쿠*는 하고 있다. 시작한 지 햇수로 예닐곱 해이건만 게을리해서 그런지 영 늘지 않는다. 선생은 시모가카리호쇼류**의 호쇼 아라타 씨다. 하기야 나는 예술 할 작정으로 하는 게 아니라 반쯤 운동할 작정으로 소리를 쥐어짜기만 한다.

서화만큼은 다소 자신이 있다. 감히 조예가 깊다고 할 순 없어도 훌륭한 서화를 보는 시간만은 저절로 머리가 숙어진다. 부탁받고 다른 사람에게 써주기도 하는데, 내 서화는 자기류로 따로 배운 적이 없다. 그러니 참다운 부끄러움을 쓰는 셈이다. 골동품도 좋아하지만 이른바 수집가까지는 아니다. 일단 돈이 허락하지 않는다. 주머니 사정에 맞는 물건을 모으기에 지식은 전무하다. 어디에서 만들었는지 시가는 어느 정도인지 같은 정보 따윈 전혀 알지 못한다. 마음에 안 드는 물건이라면 몇만 엔의 가치가 있더라도 이쪽에서 사절이다.

햇빛 잘 드는 창 아래 정갈한 책상. 이것이 내 취향이리라. 한적함을 사랑한다. 작아지고 작아져서 호주머니 안에서 살아

* 일본 전통 가면 음악극인 노가쿠의 가사만 따로 가락을 붙여 읊는 노래.
** 요쿄쿠의 최대 유파로 다카하마 교시 등 여러 문인이 배웠다.

가고 싶다. 밝은 것이 좋다. 따뜻한 것이 좋다.

성질은 신경과민인 편이다. 모든 일에 격렬하게 감동해서 난처하다. 그런가 하면 무딘 구석도 있다. 의지가 강하고 억제하는 힘이 있어서가 아니라 정말이지 감각신경 어딘가가 둔한 모양이다. 사물을 향한 애증은 많은 편이다. 가까이 두는 도구라도 좋아하는 것, 싫어하는 것이 확실하다. 사람도 말투, 태도, 작업 방식 등에 따라 좋아하는 사람과 싫어하는 사람으로 나뉜다. 뭐가 좋고 뭐가 싫은지는 조만간 자세히 쓸 기회가 생기리라.

아침 7시 넘어 기상. 보통 밤 11시 전후로 잠자리에 든다. 점심밥을 먹고 나서 한 시간 정도 선잠을 자기도 한다. 그러면 머릿속이 상당히 밝아진다. 밖에 나가는 것을 귀찮아하는 사람인지라 그다지 나가지 않지만 가끔 산책은 한다. 속세의 잡다한 일로 마지못해 외출할 때도 간혹 있고 다른 사람을 방문할 때도 있다. 다만 연말연시 인사나 명절 인사는 절대 하지 않는다. 할 필요 없다고 생각해서다.

집필 시간은 딱히 정해진 바 없다. 아침에 쓰기도 하고 오후나 밤에 쓰기도 한다. 신문소설은 매일 한 편씩 쓴다. 미리 써 두면 아무래도 글이 좋지 않다. 하루에 한 회를 쓰고 펜을 놓은 뒤 다음 날까지 머리를 쉬게 하는 쪽이 좋은 글이 나온다. 단숨에 문장을 휙휙 써 내려가는 일은 없다. 한 회 쓰는 데 대개 서너 시간쯤 걸린다. 어떨 때는 아침부터 밤까지 매달려도 한 회를 다 못 쓰기도 한다. 시간이 넉넉하다 싶으면 역시 오래 걸린다. 오전 중밖에 시간이 없다고 생각하며 달려들어야 제시간에 마친다.

햇빛 쏟아지는 미닫이창 아래서 쓰면 가장 좋지만, 이 집에는 그런 장소가 없으므로 종종 양지바른 툇마루에 책상을 꺼내 놓고 머리에 햇빛을 흠뻑 받으며 펜을 든다. 너무 더우면 밀짚모자를 쓰기도 한다. 이렇게 하면 글이 잘 써진다. 결국 밝은 곳이 제일이다.

원고지는 열아홉 칸, 열 줄짜리 양괘지. 상단 테두리에 하시구치 고요* 군이 그려준 그림이 실려 있는데, 춘양당에 부탁해 인쇄했다. 열아홉 칸으로 한 이유는 이 원고지를 제작할 때 신문사가 소설 조판을 열아홉 자씩 배열했기 때문이다. 필기도구는 처음엔 금색 G펜을 사용했다. 대여섯 해쯤 썼던가. 이후 만년필로 바꿨다. 지금 사용하는 만년필은 2대째로 '오노토'다. 특별히 좋아서 사용하는 것도 뭣도 아니다. 마루젠서점의 우치다 로안 군이 선물로 줘서 사용할 뿐이다. 붓으로 원고를 쓴 적은 이제껏 한 번도 없다.

* 하시구치 고요(橋口五葉 1881~1921) 장정가이자 판화가. 잡지 『두견』의 표지 삽화를 그린 것을 계기로 나쓰메 소세키의 대다수 책을 장정했다.

나의 이력

나오키 산주고直木三十五

1891년 오사카부 출생. 1911년 와세다대 영문과에 입학했지만 수업료를 내지 못해 중퇴했다. 와세다미술연구회 기자, 잡지 편집기자 등을 거쳐 1923년 『문예춘추』 창간과 동시에 가십난 '문단 유머'를 맡아 독설로 화제를 모았다. 간토 대지진 이후 오사카 플라톤사에서 일하며 시대소설을 발표하는 한편 '일본 영화의 아버지'라 불리는 마키노 쇼조 집에 살며 영화판에 발을 들였다. 직접 영화 각본을 쓰고 감독을 맡기도 했으며, 그의 작품 또한 쉰 편 가까이 영화화됐다. 이후 영화판에서 나온 뒤 『청춘행장기』, 『남국태평기』 등을 쓰며 대중작가로 자리 잡았다. 1934년 2월 24일 마흔세 살에 결핵성 뇌막염으로 사망했다. 「나의 이력」은 서른다섯 살 때 쓴 글로 보이지만 실제로 발표된 것은 마흔 살 때인 1931년이다.

본명: 우에무라 소이치

나이: 서른다섯 살, 신묘년 일백수성

출생지: 오사카 미나미구 우치안도우지마치

아버지: 소하치, 여든한 살

어머니: 시즈, 예순아홉 살

족적: 평민

동생: 세이지, 마쓰야마고등학교 교수

아내: 스마코, 마흔일곱 살

장남: 고세이

장녀: 고노미

신장: 약 168센티미터

체중: 약 75킬로그램

필명의 유래: 우에무라植村의 '植' 자를 둘로 나눠 '나오키直木', 이때가 서른한 살이었기에 이름을 '산주이치三十一'로 정함. 이 이름으로 쓴 작품은 「문예 시평」 한 편뿐이다. 이듬해에는 '산주니三十二'.* 이때 비평을 두 편 썼다.

간토대지진 이후 오사카로 돌아와 플라톤사에 입사, 잡지 『고락』 편집을 담당했다. 서른세 살에 실력을 키워 세 개 잡지

---

* 이렇게 자신의 나이에서 따온 이름을 매년 바꾸며 사용하다가 서른다섯 살 '산주고三十五'로 최종 확정했는데, 친구인 기쿠치 간의 요청이었다는 설과 그냥 본인이 질려서 멈췄다는 설이 있다.

에 대중물을 썼다. 서른넷을 지나 서른다섯 살, 지금은 작고한 마키노 쇼조와 함께 영화계에 뛰어들었다. '연합영화예술가협회'를 조직해 사와다 쇼지로, 이치가와 엔노스케 등이 출연하는 영화를 찍어 돈을 벌기도 하고 잃기도 했다. 이후 쓰키가타 류노스케와 마키노 토모코의 불륜 사건을 계기로 마키노 쇼조와 인연을 끊었다. 영화계의 우둔함에 정나미가 떨어져서 문학에 온 마음을 바치기로 했다.

버릇: 모자를 쓰지 않고 망토를 걸치지 않고 오로지 일본 옷만 입는다. 책상에 앉아서 글을 쓰지 못해 누워서 쓰는 버릇이 있다. 한밤중인 한두 시부터 아침 여덟아홉 시까지 글을 쓰고 읽기에 오후 두세 시께 일어나는 날이 잦다. 빨리 쓰는 편이라서 한 시간에 원고지 다섯 매에서 열 매까지 쓸 수 있다. 최고 기록은 열여섯 매(『무희행장기』의 마지막 스물네 매를 이 속도로 썼다).

술은 안 마신다. 채소는 좋아한다. 담배는 '던힐 마이믹스쳐'나 '쓰리캐슬 매그넘'만 피지만 돈이 없으면 '골든배트'라도 상관없다. 비행기광으로 여행자 가운데 최다 횟수 탑승 기록 보유. 자가용 자동차는 1천500엔짜리 중고 오픈카로 기쿠치 간과 공동소유하고 있다. 나, 기쿠치 간, 그의 출판사인 문예춘추사가 함께 쓰며 매달 경비를 삼등분하다 보니 한 번 승차에 1엔인 택시보다 좋지 않다.

취미: 바둑 2단으로 두세 점 놓고 둔다. 장기 8단으로 차와 포를 떼고 둔다. 마작 0단. 카페나 요릿집 순례, 여행, 경마(싫어하는 사람이 있나).

자산: 자동차 반 대, 도검 조금.

생활

하야시 후미코 林芙美子

하야시 후미코는 자전적 이야기인 『방랑기』로 일약 인기 작가가 됐지만 늘 순문학 작가를 꿈꿨다. 「청빈의 서」, 「울보 아이」 같은 단편이 좋은 반응을 얻긴 했어도 동시에 '가난을 팔아 먹고사는 작가'라는 비난도 만만치 않았던 탓이다. 세간의 비난에 지치고 글을 쓰다 막히면 훌쩍 여행을 떠나곤 했다. 돈이 바닥날 때까지 이곳저곳을 돌아다녔고, 돌아와선 글을 써 원고료를 받아 가족의 생계를 책임졌다. 그러다 1935년 9월 단편 「굴」을 기점으로 자전적 사소설에서 사실주의 소설로 작품을 바꾸고 마침내 순문학 작가로 인정받았다.

「생활」은 1935년 2월 『개조』에 실린 글이다.

뭐가 애타서 쓰는 노래인가
함께 열리는 매실이며 자두
자두의 파란 몸에 내리쬐는
시골 생활의 평화로움

무로 사이세이 씨의 이 노래가 참 좋아서 매일 흥얼거린다. "뭐가 애타서 쓰는 노래인가" 정말이지 이 노래대로 나는 뭐가 애타서인지 몰라도 거의 날마다 밤이 이슥도록 책상 앞에 앉는다. 그리고 너절한 그날의 일상을 소설로 쓴다.

저녁밥을 먹고 식모아이와 둘이서 요즘 영화나 이런저런 이야기를 주고받으며 뒷설거지를 한 다음 꽃병에 물을 갈아주고 나면 대개 8시가 넘는다. 곧장 세 종류의 석간신문을 들고 2층 서재로 올라간다. 화롯불이 사위어가는 참이라 숯을 더 넣고 주전자를 올려 물을 끓인다. 그 사이 세 종류의 석간신문을 쭉 훑는다. 집에서 구독하는 석간은 아사히신문, 도쿄니치니치신문, 요미우리신문으로 맨 먼저 훑어보는 것은 연극이나 영화 광고 따위. 「여자의 마음」이란 작품이 있구나, 보러 가고 싶다. 「영원한 맹세」란 작품도 있다. 모두 보러 가고 싶지만 변두리 가설극장에 포스터가 걸릴 때까지 가지 못할 게 뻔하다.

광고를 다 보면 사회면을 읽는다. 사회면은 맨 아래 작은 칸부터 읽어가는데, 세 개 신문에 같은 내용이 쓰여 있어도 저마다 다른 기사처럼 읽혀서 무척이나 재미있다. 정치면은 거의 읽지 않는다. 그래서 초등학생보다 더 정치 얘기를 모른다. 언제였더라, 도쿄니치니치신문 주최로 의회를 견학한 적이 있다. 입구에는 호주머니까지 손을 넣어 조사하는 사람이 있었고, 장내에 들어가니 주변 공기가 고약해서 참을 수 없었다. 바로 아래 내려다보이는 회의장에는 앉아 졸거나 어깨를 들먹이며 드잡이하는 사람들이 있었다. 저들이 의원이라니, 정말 깜짝 놀랐다. 이후 그 감정만이 남아버렸다.

　신문을 얼추 다 읽어갈 즈음 주전자에 담긴 물이 끓는다. 이 시간이 나에게는 그야말로 천국 같다. 안경알에 입김을 후후 불고 무두질한 가죽으로 깨끗이 닦는다. 그다음 차를 우리고 책상 위 여러 가지 물건을 매만진다. "잘 계셨나요?"라고 물어보듯. 펜은 만년필을 사용한다. 잉크는 마루젠의 아테나잉크. 3홉가량 들어 있는 큰 병을 사 와서 쓸 때마다 즐겁게 잉크를 채운다. 그렇게 한 지 2년 남짓 되었다. 원고지 앞에는 작은 손거울을 놓아둔다. 가끔 그 손거울을 들고 혀를 내밀거나 눈을 빙빙 돌리며 노는데, 장편을 쓰기 시작하면 걸리적거려서 이부자리 위로 내던지곤 한다. 책상 위에는 늘 뭐가 뭔지 모르겠는 잡지와 책이 한가득 쌓여 있다. 그 탓에 꽃 하나 변변히 놓지 못한다. 이와나미 출판본의 『당시선』이 너덜너덜해진 채 책상 위 어딘가에서 뒹구는 형편이다.

9시가 되어도 차를 마시며 멍하니 앉아 있다. 옛날 일기를 꺼내 읽기도 하고, 기묘한 감탄사를 내뱉거나 실없이 이상한 생각에 빠지기도 한다. 마음 놀이란 대단해서 여러 사람의 얼굴이나 마음을 자유로이 내 몸에 걸칠 수 있다. 글을 쓰기 전에 이런 시시한 마음 놀이를 할 때가 많다.

10시쯤 되면 가족들이 잘 자라는 인사를 건넨다. 모두가 잠자리에 들면 겁쟁이인 나는 1층으로 내려가 문단속을 한 뒤 부엌에서 밤참거리를 챙겨 들고 2층으로 다시 올라온다. 염장 다시마와 가다랑어포만 있어도 기분이 좋다. 요즘같이 추운 날에는 밤새워 일하다 보면 추위가 뼛속까지 스며들어 견딜 수가 없다. "뭐가 애타서 쓰는 노래인가" 하루살이 인생이라, 글을 쓰는 일이 괴롭긴 해도 즐겁기에 책상 앞에 앉고 만다. 그리고 추우면 어느샌가 좌식 의자 등받이에 엉덩이를 걸친 채 써 내려간다.

글을 쓰다가 제일 싫은 시간은 넘쳐흐를 만큼 감정이 솟구치는데도 옥편을 펼치고 한 글자 위에서 언제까지나 머물러 있을 때다. 한심하기 짝이 없다. 내 옥편은 『학생자습사전』으로 시코쿠 다카마쓰를 어슬렁거리다가 75전을 주고 산 것인데, 이미 낡을 대로 낡아빠졌다. 몇 번이나 다른 옥편을 샀지만 결국 이게 제일 편해서 한자가 부족해도 계속 사용하고 있다.

사실 생각해보면 시골 여학생 같은 생활이다. '나의 생활'을 써달라고 해서 이렇게 쓰고 있자니, 별 볼 일 없는 나의 일상이 어쩐지 이상하게 느껴진다.

비.
오늘도 비가 내렸다. 머리를 짜낸 끝에 마침내 「그녀의 비망록」 완성. 스물일곱 매짜리 원고를 『신조』에 보냄. 막과자를 10전어치 사 와서 혼자 먹었다. 작은 순무와 조롱박으로 절임을 만들어봤다. 이삼일 지나면 맛이 들겠지. 어머니로부터 온 편지, 머리가 아프다.

1932년 9월 20일

비.
녹초가 됐다. 쓸데없이 밤새 책을 읽어서. 재산이 37전은 되려나. 저녁에 보랏빛 꽃범의꼬리 10전, 개미취 5전을 주고 사 옴. 비에 젖어 개와 걷기. 즐거운 산책이었다. 건널목의 비, 밤의 비, 푸르게 빛나며 비에 젖어 달리는 교외 전차. 더없이 기분 좋다.

1932년 9월 23일

3년 전 가을에 쓴 일기다. 사랑에라도 빠진 양 어딘가 유치하다. 지금은 뭐 하나 놀랄 일 없는 생활이라, 아무리 해도 이런 일기는 쓰지 못한다. 예전에는 가족들이 멀리 뿔뿔이 흩어져 산 탓인지 고독이 활활 타오르는 기분이었다. 하지만 지금은 한집에 모두 모여 살기에 되레 괴로울 때도 있다. 낮에는 손님이 많이 오니 보통 밤중에 글을 쓰는데, 밤샘 작업이 내게는 좀 고되다. 이튿날 귀신같은 얼굴이 된다. 차마 눈 뜨고 볼 수 없을 정도다.

나는 새벽 4시께 잠자리에 들어도 7시면 눈이 떠진다. 집 근처에 츠지야마라는 병원이 있다. 오래전부터 알고 지내던 사이로 이곳에서 요즘 수면제를 지어 먹는다. 피곤하면 수면제를 먹고 낮에도 침대에 눕는다. 침대라고 해봤자 기숙사에 있을 법한 작은 침대라서 잠자리가 영 편치 않다. 금세 잠이 깨는 것도 그 탓일지도 모른다.

아무리 추워도 아침 6시나 7시에 일어나서 조간신문을 쭉 훑어보는 것은 즐겁다. 문예면을 읽고 가정면을 읽고, 그다음 정치면은 사진만 본다. 그걸로 신문 읽기는 끝이다. 사회면은 아침에 읽으면 무서우니까 읽지 않는다. 온종일 싫은 생각이 나기에 대개 점심때가 지나서 슬쩍 곁눈질할 뿐이다.

밤새워 일하면 아무래도 좋은 글이 나오지 않는다. 밤이 깊어갈수록 '아아' 하고 지쳐버리니. 하지만 낮에는 내 손님뿐만 아니라 가족들 손님도 찾아온다. 반찬 만들기, 속옷 세탁 등등 도무지 편한 생활이 아니다. 때론 나이 먹은 식모를 둘까 싶다가도 지금의 식모아이는 열세 살 때 들어와서 3년 동안 잘 지내왔기에 뭔가 불편한 점이 있더라도 이게 가장 행복한 길이지 싶다. 무엇보다 식모를 두다니! 『마농 레스코』 어딘가에도 한 구절이 나오지만, 벼락출세한 나로서는 부끄러울 만큼 감사한 일이다. 게다가 3년이나 있었다.

남들 앞에서는 좀처럼 화를 안 내지만 집에서는 자주 화를 낸다. 그럴 적마다 울고 싶은 마음을 어찌하지 못한 채 멍하니 책상을 바라본다. 담배는 하루에 골든배트를 네다섯 대 피운다. 옛날에 좋아하던 사람이 담배를 싫어해서 안 피웠는데, 지금은 그 사람과 아무 관계도 아니기에 거리낌 없이 담배를 피운다. 자포자기는 꽤 기분이 좋다. 옛날에는 자포자기에 빠지면 속을 끓였건만 요즘은 양지에서 햇볕을 쬐는 듯하다.

소설에 대한 이야기는 딱 질색이다. 설명이나 비평을 잘하지 못하기 때문이다. 해님 같은 소설을 설명한다면 손가락으로 동그라미를 만들고 "자, 이렇게 원만한 거야" 정도라서 상대방은 "어, 그렇구나"라고 받아들일 수밖에. 때론 먼지 털듯 매서운 악평을 들으면 괴롭기 그지없다. 남보다 갑절로 자극에 약한 나는 넋이 홀라당 나가서 썩은 생선처럼 이삼일 이불을 덮어쓰고 자버린다. 작품이 좋지 않아서다. 자신이 제일 잘 알기에 한동안 갈 길을 잃는다. 하지만 다시 책상 앞에 앉아 아등바등 뭔가를 쓰기 시작한다. 나에게 종교가 있다면, 그저 꾸준히 쓰는 것이다. 그 삼매경에 빠져 있는 기분이다. 좋아하는 말은 아니지만 나는 결국 '만년 문학소녀'다.

사오일 전에 세무서 관리가 찾아왔다. 관리라고 하면 가슴이 두근거린다. 마침 점심때였는데 밥이 목구멍으로 넘어가지 않았다. 세금을 내기 시작한 지 꼬박 4년, 내심 가혹하다고 생각한 적이 여러 번 있다. 수입이 10엔일 때가 서너 차례, 잠깐 여행을 가면 수입이 끊기는데도 세금은 의외로 엄청났다. 이번에도 세금이 올랐다.

"1년 수입이 4천 엔은 되겠지요?" 이런 말 듣는 사람이 누구란 말인가. 깜짝 놀랐다. 잘해야 200엔, 나쁘면 90엔. 평균 150엔이면 매달 나무아미타불 하며 지내겠다. "요시야 노부코 씨*의 세금은 어중간한 실업가보다 많습니다." 이 말에는 너무 놀라 말문이 막혔다. 한두 장짜리 글을 써도 하야시 후미코이고 작게나마 가십에도 이름이 나오지 않냐는 등 이러쿵저러쿵 말을 들으면 난처하니 이렇게 말할 수밖에 없었다. "잡지사나 신문사에 내가 원고료를 얼마나 받는지 물어보세요."

게다가 요시야 여사는 선배인데다 분야도 다르다. "문학 좋아하십니까?"라는 내 질문에 관리 왈 "학생 때는 가끔 읽었습

---

* 요시야 노부코(吉屋信子 1896~1973) 1916년 데뷔작인 『꽃 이야기』(~1925)가 여학생들의 압도적인 지지를 받으며 일약 인기 작가로 등극, 학원물과 시대물을 넘나들며 소녀소설이란 새로운 장르를 확립했다.

니다만, 지금은 법률을 읽느라……." 인상 좋은 관리였지만 연수입 4천 엔이라니! 큰일이었다. "순문학 하는 사람은 화려해 보이지만 의외로 가난합니다. 달에 수입이 50엔쯤 되는 사람은 신진작가 쪽일걸요?" 내 말에 그는 "그렇구나" 감탄하며 "그럼 순문학 쪽은 누가 가장 많이 버나요?"라고 되물었다. "대부분 명성은 높아도 나와 비슷비슷할걸요"라고 살짝 으스대며 대답했다.

10년 전부터 한 번도 오르지 않는 원고료에 비교적 태연했다. 요시야 씨만큼 세금을 내고 싶은 마음이야 굴뚝같지만, 그건 다시 태어나지 않고는 도저히 불가능한 일이리라. "아사히신문에도 글이 실리잖아요?"라는 말도 나왔지만 오해를 풀지 않으면 이 곤경에서 헤어날 길이 없다. 신문소설은 어디에 쓰든, 스물일곱 회를 쓰든, 이백 회를 쓰든 신문소설일 뿐이다.

그날 종일 울렁증에 시달렸다. 여학교에 다니는 조카 얼굴을 보자마자 "세금이 늘다니, 무서워 죽겠어"라고 골을 냈더니 무섭다며 동정해주었다. "도대체 어디에 세금을 쓰는지 알아?"라고 열다섯 살 된 조카에게 묻자 "저기, 다이묘 여행*이라고 있잖아. 그런 거에 쓰는 거 아닌가?"라는 대답이 돌아왔다. 으음,

---

* 관리나 의원 등의 시찰을 빙자한 관광 여행. 원래는 에도시대 지방 영주 '다이묘'의 유람에 빗대어 호화로운 여행을 가리킨다.

그런 것도 같다.

화초를 사랑한다. 꽃이라면 무엇이든 좋다. 겨울 꽃꽂이용으로 자른 꽃가지는 보살피기 쉬워서 3주 정도 간다. 꽃은 시들고 나서도 운치가 있다. 소미야 이치넨 화가가 자주 시든 꽃을 그리는데, 아름다우면서도 아련한 여수가 느껴진다. 여자의 시든 모습에도 이런 운치가 있으면 좋겠다. 나는 올해 서른두 살이 되었다. 동년배 남자 작가들은 여전히 생기가 넘쳐서 청년 같다. 다케다 린타로 씨, 호리 타쓰오 씨, 나가이 다쓰오 씨 모두 꽃창포다. 반면 여자의 청춘은 짧기 그지없다. 지금 내 좁은 책상 위에 놓인 작은 컵에는 마거리트와 유채, 수레국화와 카네이션이 하나씩 꽂혀 있다. 불빛이 그 꽃들을 비추는 풍정이 너무나도 아름다워 넋을 잃고 바라본다. 다음 생에는 꽃으로 태어나길. 꽃이라면 삼백초라도 상관없다.

그리고 여행을 좋아한다. 한 달에 두세 번은 기차를 탄다. 장거리 여행도 아무렇지 않다. 걷는 게 무척 즐겁다. 올 1월에는 나가노 시가고원으로 스키를 타러 갔다. 마루야마의 한 산장에 묵었는데, 운 좋게도 여자는 나 혼자라 눈 덮인 산 위에서 마치 소녀처럼 느긋하게 시간을 보냈다. 스키는 잘 못 타지만 그 거친 눈을 발로 걷어차며 나아가는 느낌이 마음에 든다. 자연과 나와의 거리가 사라진다. 쥬니사와스키장에서 나만큼 시원하게 자빠진 사람은 없다고 한다. 온천탕에서 살펴보니 온몸이 울긋불긋 멍투성이였다. 그땐 정말이지 데굴데굴 스키가 부끄러웠다.

2월에는 이즈반도 고나에 갔다. 단나터널은 처음이라 기차가 아타미역을 출발할 때부터 기뻐서 견딜 수 없었다. 통과하는 데 8분 남짓 걸렸다. 상당히 긴 터널처럼 느껴졌다. 아타미의 바다는 나폴리와 같은 빛깔을 띤다. 따스하면서도 아련한 해변이 마티스의 그림에 있을 법한 물가다. 고나에서는 시라이시관이란 곳에 묵었다. 게이샤를 부르는 데 한 시간에 1엔이라기에 외로움을 달래려고 데루하라는 게이샤를 불러 세 시간쯤 함께 있었다.

3월에는 쇼슈 쪽에 가보고 싶다. 여행하는 동안에는 세상에 태어난 행복을 만끽한다. 가족들은 내가 도시락이 먹고 싶어 여행을 간다고 말하는데, 기차에서 도시락을 자주 사 먹긴 한다. 나무 냄새가 나서 밥도 반찬도 아주 맛있다. 무엇보다 기차를 타면 평소 지긋지긋했던 문제가 대번에 어디론가 날아간다. 그래서 도쿄로 돌아올 때는 처음 상경하는 시골 여인의 심정이 된다.

괘종시계가 1시를 쳤다. 다들 푹 자고 있겠지.

5만 리나 앞에 있는 눈사태처럼 숨소리가 들린다.

2시가 되어도 3시가 되어도 내 책상 위는 새하얀 채다.

4시를 치면 숯 바구니 속 숯이 사라진다.

나는 덧문을 열고 헛간으로 숯을 가지러 간다.

추워서 몸이 얼어붙는 듯하지만

글 쓰는 일보다 숯 집어 드는 일이 훨씬 즐겁다.

어딘가에서 기르는 휘파람새가 울기 시작한다.

새벽녘에 이런 기분을 맛보는 건 자주 있는 일이다. 숯 바구니를 들고 밖으로 나가면 추워서 몸이 부들부들 떨린다. 하지만 목장갑을 끼고 달가닥달가닥 숯 가마니를 흔들며 숯을 하나씩 하나씩 집어 들 때는 여자라서 그런가 즐거운 본업으로 돌아간 것 같아 마음이 편하다.

동틀 무렵이면 아무리 추워도 휘파람새가 제일 먼저 소리를 낸다. 어느 집에서 기르는지는 몰라도 지붕 위가 부옇게 밝아오기 무섭게 휘파람새가 울고, 우유 배달하는 차 소리가 스며들듯이 들려온다. 우리 집은 우유를 두 병 받아 어머니와 내가 꿀꺽꿀꺽 마신다. 추운 계절에는 우유 배달, 신문 배달, 우편 배달 일이 안쓰러워 보인다.

새벽 경치는 좋지만 밤새워 일한 나는 마치 가죽이라도 뒤집어쓴 양 얼굴빛이 좋지 않다. 아침밥은 대개 우유다. 밥다운 밥을 먹는 것은 9시께. 밥은 식모아이가 짓고, 된장국은 내가 끓인다. 행복한 시간이다. 일이 바빠서 이삼일 부엌에 못 들어가면 다들 얼빠진 얼굴을 한다. 나는 요리를 잘한다. 무대 뒤에서 스스로 칭찬하는 게 멋쩍기는 하지만. 음식을 만들고 있으면 신이 난다.

낮에는 일할 수 없으니 난감하다. 낮에 글이 써진다면 근시 안에도 상당히 좋을 텐데, 가족들이 다 일어나 있기 때문에 아무 생각 없이 놀고 만다. 바빠서 정신이 없을 때도 친구가 찾아오면 놀아버린다. 친구가 찾아와준 것이 무엇보다 기쁘니까. 하루에 열 명 정도 다양한 사람이 눈앞에서 왔다 갔다 한다. 집에 찾아오는 손님은 남자가 많다.

술은 마시지 않는다. 충치가 생긴 데다 위가 약해져서 과음하면 다음 날 하루가 통째로 사라진다. 그래도 일을 척척 끝내고 나면 어떤 무리한 요청에도 "네, 네" 하고 유쾌하게 잘 마신다. 일을 마친 뒤의 술은 참 맛있다. 한 잔으로 끈덕지게 버티는 술자리는 별로다. 음식은 뭐든 잘 먹지만 참치회는 질색이다. 가장 좋아하는 것은 해삼과 갓 지은 따끈따끈한 밥인데, 해삼은 비싸서 먹기 힘들다. 원고료가 들어오면 코피 터지게 마음껏 먹어보고 싶다. 어란도 좋아하는데 역시 비싸다. 성게는 그다지 좋아하지 않는다. 자반 생선도 별미다. 자반 생선을 보면 소설이 쓰고 싶어진다. 뭔가 분위기가 있어 마음에 든다. 파리에는 잘 말린 자반 생선이 없었다.

연극도 영화도 어릴 적부터 싫어했다. 어머니와 식모아이만 근처 영화관을 바지런히 다닌다. 그림 그리기는 나의 두 번째 일이다. 석유 속에서 딱딱하게 굳은 붓을 씻을 때는 못마땅한 얼굴을 한 적이 없다. 고바야시 히데오, 나가이 다쓰오 두 사람에게 직접 그린 그림을 주겠다고 약속했기에 그 생각만 하면 이루 말할 수 없이 괴롭다. 정물은 잘 그리지 못한다. 일반인치고 솜씨가 좋다고는 해도, 지금 딱 재미있는 단계라 그리다 보면 아름다운 색을 자유자재로 쓰는 화가가 부러워진다.

마티스와 모딜리아니를 좋아해서 컬러 인쇄한 그림을 틈틈이 들여다본다. 얼마 전 요로즈 데쓰코로 씨의 그림을 두 장 구했다. 요로즈 씨 같은 일을 하고 싶다, 그 그림을 볼 때마다 자극을 받는다. 하지만 나는 게으름뱅이라 어쩔 수가 없다. 비나 바람이라도 세차게 맞지 않는 한 이 게으름뱅이는 좀처럼 허리를 펼 리 없다.

올해는 아무것도 쓰고 싶지 않다. 지금 세계지도를 펼쳐놓고 인도에 갈 계획을 세우고 있다. 가을쯤에는 유럽에 갔을 때처럼 가볍게 출항하고 싶은 마음뿐이다. 몇 번이나 첫 여행을 떠나는 기분으로 여기저기 돌아다녔다. "돈 많이 모았지요?"라고 묻는 사람도 있는데, 모아둔 것은 여관 계산서 정도다. 완벽한 하루살이 인생인 셈이다. 말하자면 내가 암염소의 젖을 짜면 그 밑에서 다른 사람이 체에 받는, 그런 덧없는 생활이다. 그렇기에 몸 상태가 나쁘면 이것저것 생각이 많아진다. 뭐, 쌀밥과 해님은 나를 따라다니시겠지. "달 어두운 밤 기러기는 높이 난다"고 비참한 날이 와도 원래 몸뚱어리 하나뿐이니 어떻게든 되리라.

요사이 책상 앞에 앉으면 힘이 다 떨어졌는지 마음이 쓸쓸하다. 스스로 들어가기 좋은 구덩이를 해작해작 찾으려는 것 같다. 유일한 목적은 아직 멀리 있건만, 살림을 챙기다 보면 하루하루 멍하니 보내고 만다. 빨래나 부엌일을 하며 현실에 안주한 채 흐뭇한 표정을 짓는다.

'맑은 물처럼 아무 맛이 없는' 글을 쓰고 싶다. 지금 내 글은 손짓이나 거짓말이나 꾸밈새가 도드라진다. 괴롭다. 힘이 모자라는지도 모른다. 공부가 부족한 탓인지도 모른다. 툇마루에서 햇볕을 쬐는 듯한 생활이 문제인지도 모른다. 남성 작가들에게 대항할 수는 없을지라도 적어도 한 단계 더 발돋움하고 싶다. 무로 사이세이 씨의 요즘 왕성한 창작은 놀랍기만 하다. 다케다 린타로 씨도 상당히 활력이 넘친다. 훌륭하고 존경스럽다. 다들 긴 역사를 가졌건만 용케 지치지 않는구나. 그 괴로움이 어떨지 상상해본다. 나는 고작 7, 8년의 역사다. 그것도 스스로 춤추는 이야기라 쓴맛으로 가득하다. 맑은 물처럼 아무 맛이 없는 글을 쓰는 것은 이제부터라고 반성해본다.

깊이 사귀는 친구는 없다. 남의 집을 방문한 적도 거의 없다. 만남은 대부분 시내에서 이루어지기에 다른 사람을 찾아갈 일이 드물다. 언제까지나 자신과 함께 있을 사람은 결국 자기 자신이지 않을까. 산책도 점점 귀찮다. 한가하면 침대에 누워 멍하니 있거나 한 달에 대여섯 번 간다나 혼고에 나가 헌책방을 구경한다. 무척 즐거운 산책 중 하나다. 애써 공부하는 편이 아니니 책값은 별로 안 든다. 10엔만 있으면 충분하다. 대신 옛날에 몹시 가난하게 살아서인지 조금만 여유가 생기면 주체하지 못할 만큼 낭비꾼이 된다. 뭐든지 다 사고 싶다. 벼락출세한 사람의 기질이 다분하다.

벼락출세한 데다 쾌활한 인간이면서 묘하게 고독하다. 고독 속 자신에게만 충실하기에 친구가 없어도 그렇게 괴롭지 않다. 동성 친구는 내가 부족한 건지 저쪽이 나를 싫어하는 건지 열중할 만한 사람이 없다. 이성 친구는 마음에는 보약, 입에는 독약이라 상당히 자극이 된다.

시 쓰기와 그림 그리기. 둘 다 좋아한다. 시나 그림은 나의 글 쓰기에 특색을 부여한다. 작가 인생에는 다양한 파도가 있어도 좋다. 올해는 조금 휴식을 취하며 먼 곳으로 여행 가서 홀로 목적지 없이 뚜벅뚜벅 걷고 싶다.

" 생각이

슬금슬금 날 때까지

무수한 점을 그려 넣는다 "

버릇

요시카와 에이지吉川英治

요시카와 에이지는 어린 시절부터 문학적 소질이 뛰어났음에도 가정 형편이 어려워 학교를 그만두고 일찍 직업 전선에 뛰어들어야 했다. 그러다 1926년 『나루토비첩』으로 거액의 인세를 받으며 가난에서 벗어났다. 하지만 궁핍한 시절부터 함께하며 절약이 몸에 밴 아내는 급격한 변화에 적응하지 못하고 히스테리를 일으켰다. 그 해결책으로 새집을 짓고 고향의 가족을 부르고 양녀를 들여 안정을 꾀했지만, 결국 1937년 이혼했다.

「버릇」은 1935년 출간된 수필집 『초사당수필』에 실린 글이다.

도쿠가와 이에야스는 중대한 이야기를 나누다가 갑자기 못 들은 척하는 버릇이 있었다고 어떤 책에서 읽었다. 오다 노부나가는 짜증을 잘 내기로 유명하다. 도요토미 히데요시는 천하를 통일한 왕이면서도 잔꾀를 부리던 소싯적 버릇을 못 고치고 귀엣말해서 당시 사람들이 눈살을 찌푸렸다고 한다.

또 유학자 오규 소라이는 사당에서 강의하는 동안 부채 사북으로 귀를 긁어댔다. 그의 제자인 마쓰자키 만타로는 시도 때도 없이 방귀가 나오는 성가신 버릇이 있었다. 근엄한 무사 와타나베 가잔은 술에 취하면 울어댔고, 소설가 오자키 고요는 술에 취하면 도쿄 사투리로 사납게 욕설을 퍼부었다. 와카쓰키 레이지로 전 총리는 의회에서 곤란할 때마다 손톱을 물어뜯었다.

친구인 해학 시인 가와카미 산타로는 오른쪽 귀에 난 사마귀를 만지작거리는 버릇이 있다. 처음에는 귓불 끝에 생긴 작은 사마귀였다. 평소는 물론이고 원고를 쓰든 사랑을 속삭이든 자꾸 주무르다가 몸에 밴 끝에 이제 쾌감까지 느끼는 묘한 취미에 이르렀기에 사마귀는 점점 커졌다. 십수 년이 흐른 지금은 건포도와 비슷한 색깔과 크기로 자라서 매우 그로테스크한 귀고리처럼 매달려 있다.

그보다 더 지저분한 버릇이 있는 사람은 에도시대 승려이자 시인 료칸이다. 다른 사람과 마주 앉아 있으면서도 후벼판 코딱지를 동글동글 말아댔다. 특히 마음에 안 드는 손님이 거처인 오홉암을 찾아오면 더욱더 열심히 코딱지를 동글동글 말아서 손끝으로 튕겨냈다. 그러면 어지간히 낯가죽이 두꺼운 사람도 겁에 질려 도망쳤다.

료칸의 코딱지와 얽힌 유명한 일화가 있다. 어느 날 료칸은 향리 집에서 열리는 다도회에 초대되었다. 집주인은 다도 예법을 자랑스레 늘어놓았고, 손님들은 짐짓 점잔을 빼며 나란히 앉았다. 그 사이에서 료칸 혼자만이 멍하니 심심한 표정을 지었다. 근질근질. 그의 버릇이 비어져 나왔다.

료칸은 정성스레 코딱지를 환약 크기로 제조했다. 자리가 자리인 만큼 날려 보내기 어려웠기에 오른쪽 사람의 소맷자락에다 살며시 문지르려는 순간 그 사람이 소맷자락을 잡아당겼다. 이번에는 왼쪽 사람의 소매 쪽으로 가져갔다. 그러자 료칸의 버릇을 익히 아는 그 사람은 어이쿠, 그렇게는 안 되겠다는 듯이 손을 뿌리치며 질색했다. 료칸은 난처한 얼굴을 하다가 결국 코딱지를 원래 주인인 제 코끝에 붙이고는 점잖은 체하며 차를 대접받았다.

타인의 버릇은 금세 보인다. 그리고 신경이 쓰인다. 그러나 자신의 버릇은, 꼼꼼히 관찰해봐도 버릇 따윈 없는 것 같다. 그렇게 생각하는 것이 이미 하나의 버릇일지도 모른다. 아내에게 물어보면 아마 많이 있으리라. 짜증내는 버릇, 깜빡하는 버릇,

입 다무는 버릇, 밤샘하는 버릇, 심한 주전부리, 큰소리 내기 등등.

그러고 보니 먼지가 너무 싫어서 글을 쓰기에 앞서 책상 위를 닦는 버릇이 있다. 어찌 된 일인지 유난히 눈이 좋아서 먼지가 잘 보이는 통에 아주 미세한 먼지조차 마음에 걸린다. 잉크병을 닦는다. 책꽂이를 훔친다. 외출할 때 모자를 솔질해서 건네줘도 한 차례 손가락을 튕겨 먼지를 털어낸다.

깜빡하는 버릇도 남에게 뒤지지 않을 만큼 심하다. 스스로도 종종 우스워 죽겠는 건 낮에 화장실에 들어갈 때 전등 스위치를 누르지 않고 그냥 들어가는 일이다.

절약 정신이 강한 아내는 집안사람들에게 화장실에서 나오면 반드시 전등을 꺼달라고 말한다. 그런데 화장실 전등이 한밤중에도 켜져 있을 때가 많다. "당신이죠?" 아내는 묻는다. "아니, 분명히 껐어." 자신 있게 말해놓고 나중에 곰곰이 생각해보면 깜빡하고 전등을 켜지 않고 들어갔다가 나오면서 스위치를 누른 것.

수첩, 손수건, 만년필…… 몸에 지니고 다니는 모든 물건이 싫다. 그래서 아무것도 지니지 않는다. 여행할 때는 시계가 꼭 필요하니 시계만 손목에 차고 가는데, 어쩌다 그 사실을 까먹고 그대로 온천탕에 몸을 담근 적도 있다.

한번은 급한 볼일이 있어 고엔지역에서 만세바시역까지 가는 전차표를 샀다. 20전을 냈더니 거스름돈으로 1전짜리 동전을 하나 줘서 받아들고 개찰구까지 걸어와 보니 전차는 이미 플랫폼에 도착해 있었다. 놓치지 않으려고 서둘러 개찰구에 선 역무원에게 전차표를 건넸지만, 무슨 영문인지 내 얼굴을 빤히 쳐다보기만 할 뿐 표를 반으로 자르지 않았다. 그러는 사이 전차는 출발해버렸다.

일부러 그런 듯한 역무원의 느긋한 태도에 약간 화가 나서 왜 가위질을 하지 않았느냐고 따지자 역무원이 점잖게 대답했다. "어떻게 해도 동전을 자를 수는 없습니다." 정신이 번쩍 들어 손을 살펴보니 왼손으로 전차표를 꽉 움켜쥔 채 오른손에 있는 1전짜리 동전을 그에게 들이밀고 있었다.

사진을 찍을 때 목을 한쪽으로 살짝 굽히는 버릇은 남들이 말해서 알았다. 그러고 보니 어느 사진에서든 고개가 조금씩 기울어져 있다. 꼿꼿이 세우라고 하면 더더욱 비뚤어진다. 다른 사람과 이야기를 나누는 동안에도 고개를 갸울이는 듯하다. 걸어가는 동안에도 그렇다. 이런 건 버릇치고는 가벼운 편에 속한다.

원고를 쓰려고 하면 온갖 버릇이 발작한다. 책상 위 먼지를 닦는 버릇은 앞에서 말했고, 벽에 부딪혀 좀 끙끙대기 시작하면 뜬금없이 눈동자조차 움직이지 않은 채 한 곳을 가만히 바라보는 버릇도 있다. 익숙지 않은 식모는 약간 무서워한다. 그럴 때 부득이하게 급한 일로 말을 걸면 내가 종잡을 수 없는 대답을 늘어놓는 모양이다. 뭔가 이야기를 듣다가 웃는다. 왜 웃느냐고 물으니 또 웃는다. 화를 내면 더 웃는다. 나중에 아하 그랬구나, 정신을 차려도 웃어댄다.

또 글이 안 써지면 펜을 위로 들어 올리거나 오른손으로 턱을 괴는 동작을 되풀이한다. 그리고 왼손으로 손가락이 빗살인 양 머리를 긁는다. 한층 더 안 써지면 이번에는 책상 위에 놓인 성냥갑이나 담뱃갑에 아무 의미 없는 별이나 점 따위를 살금살금 그리기 시작한다. 생각이 슬금슬금 날 때까지 무수한 점을 그려 넣는다.

내가 밤새워 일한 다음 날 아침, 책상 위 상태를 확인한 남동생이 거실로 가서 가족들에게 소곤거린다.

"형은 어젯밤에도 못 썼나 봐."

책상과 이불과 여자

사카구치 안고 坂口安吾

사카구치 안고는 다자이 오사무, 오다 사쿠노스케 등과 함께 전후 기성 문학 전반에 비판적이던 '무뢰파'를 형성했다. 무뢰파는 대중의 지적 갈증을 해소해주며 인기를 얻었는데, 특히 정신적 공황 상태에 빠진 일본 젊은이들로부터 많은 지지를 받았다. 세 사람은 친분도 두터워서 좌담회를 함께 하거나 카페 '루팡'에 모여 술을 마시며 열띤 문학 토론을 벌이기도 했다. '루팡'은 1928년 긴자에 문을 연 이래 기쿠치 간, 나가이 가후, 가와바타 야스나리, 하야시 후미코 등 문인들의 단골집이었다.

「책상과 이불과 여자」는 1948년 2월 잡지 『마담』에 실린 글이다.

『소설신조』 신년호에 하야시 다다히코*가 찍은 2년가량 청소 안 한 내 서재 사진이 실린 탓에 가는 곳마다 그 방에 관해 물어봐서 성가시다. 매일같이 우리 집에 놀러 오는 사람들도 본 적 없기에 진짜 그 방이 있냐며 보여달라고 한다. 어이, 구경거리가 아니라고!

　　하야시 다다히코는 몇 년째 어울리는 술친구다. 그는 긴자에 있는 '루팡'이라는 술집을 사무실 삼아 일하는지라, 단골손님인 나와도 자연스레 마음을 터놓는 사이가 됐다. 루팡에서 나를 네댓 장 찍기도 했고, 『소설신조』에 실린 다자이 오사무의 만취한 사진도 거기서 찍었다.

　　루팡에서 찍은 네댓 장의 사진 가운데 내가 굉장한 미남자로 나온 사진이 한 장 있다. 전혀 다른 사람처럼 보일 정도다. 너무나 기뻐서 그 사진을 앞으로 내 사진의 결정판으로 해야겠다 싶어 하야시 군에게 부탁해 많이 인화해 받았다. 나는 사진 촬영이 싫다. 점잔 빼야 하니까. 그래서 신문사나 잡지사에서 사진을 찍자고 할 때마다 싫어, 제대로 찍은 게 있잖아, 이 사진을 배포해 하며 예의 미남자 사진을 건넨다.

　　하야시 군은 그 일을 마뜩잖게 생각했다. 전혀 안 닮았는데?

* 하야시 다다히코(林忠彦 1918~1990) 일본을 대표하는 사진가 가운데 한 명으로 1947년 12월부터 『소설신조』에 '문사 시리즈'를 2년간 연재하며 문인의 개성이 고스란히 담긴 사진을 다수 촬영했다.

사카구치 씨는 그런 미남자가 아니잖아요, 무엇보다 느낌이 다르달까. 그러면서 꼭 한 장 더 찍자고 졸랐다. 그의 말투가 썩 마음에 안 들었지만 반박하지 못했다. 왜냐하면 그 미남자 사진이 완전 다른 사람이라는 의견은 정설이라서다. 결국 언젠가 곤드레만드레 취해 정신이 없을 때 사진을 찍게 해주겠다고 약속하고 말았다.

하야시 군은 기습 작전을 펼쳤다. 어느 날 느닷없이 우리 집에 쳐들어와서 조수와 함께 다짜고짜 촬영 준비를 시작했다. 나는 어안이 벙벙했다.

"사카구치 씨, 이 사진기는요. 특별한(뭐라고 부르는지는 잊었다) 녀석이에요. 사카구치 씨니까 이런 대단한 녀석을 쓰는 거라고요. 오늘은 특별히 이 월등한 녀석으로 말이죠. 소중히 간직해온 비장의……"라고 부끄러운 주문을 중얼거리며 사진기를 조립했다.

"자, 이제 서재로 갑시다. 사카구치 씨는 서재에 앉아주세요. 오늘은 원고지를 앞에 두고 지그시 노려보는 모습을 찍으러 왔거든요."

하야시 군은 내 서재가 2년간 청소한 적 없는 비밀의 방이라는 사실을 알지 못한다. 그렇다고 이미 단단히 작정하고 찾아온 그를 막을 방법은 없다. 하는 수 없이 2층으로 올라갔다. 서재 장지문을 열자 그 대단한 하야시 다다히코 선생도 곧바로 발을 들여놓지 못한 채 신음 비슷한 소리를 내뱉었다. 하지만 그는 사진에 미친 사람이다. 서재를 쭉 훑어보더니 "이거다!"라고 외쳤다.

"사카구치 씨, 이거! 이거! 오늘 일본에서 가장 멋진 사진을 찍겠는데요. 단번에 느낌이 왔어요. 잠깐 1층에 내려가 있으세요. 준비되면 부르러 갈 테니까."

돌연 투지를 불태우며 하야시 군은 마치 제 작업실인 양 나를 쫓아냈다. 그리고 사진기와 조명기 설치가 끝나자 불러 사진을 세 장 찍었다. 오른쪽, 앞쪽, 왼쪽. 그중 정면 사진이 『소설신조』에 실렸다.

어제, 모르는 사람으로부터 이런 연하장을 받았다.

"새해 복 많이 받으세요. 저보다 스무 살 이상 나이가 많으신데, 아무래도 큰형도 이상하고 안고 씨도 이상하니 실례를 무릅쓰고 선생님이라고 부르겠습니다. 천성이 소심해 호칭부터 흠칫거리게 되네요. 오늘, 1948년 1월 2일을 매우 좋은 날이라고 생각한 것은 신춘 휘호의 날이기 때문입니다.

선생님의 작품은 대체로 제 기분과 통해서 사카구치 안고도 상당하네 하고 늘 깊은 감동을 받습니다. 아직 몇 편 읽지 않았습니다만. 왜냐하면 잡지 20엔은 비싸거든요. 한

데 묶어 나오면 읽어야지 하다가 단행본도 70엔에서 80엔은 하니, 저 같은 룸펜은 살 엄두조차 못 냅니다. 다행히 빌려보는 방법이 있기에 그럭저럭 대강 읽는 형편입니다. (중략) 그런데 선생님은 정직하시네요. 치켜세우는 건 아니지만 정말 정직하십니다. 작년 31일, 저는 그 증거를 『소설 신조』에서 보았습니다. 맹렬한 기세로 책상 앞에 앉은 모습이 실려 있었습니다. 사진 말입니다. 책상 주변은 온통 꾸겨진 종이 쪼가리에 이불은 펼쳐진 채였습니다.

저는 보면서 히쭉히쭉 웃었습니다. 좀 하는데, 꽤 멋지잖아. 이불 위에 여자가 한 명 누워 있으면 얼추 만점이었을 텐데. 안고 선생도 거기까지는 손이 미치지 못했나 보군. 하지만 좋아, 어쨌든 좋아. 도수 높은 안경 속 날카로운 눈동자, 여자 꽤나 울릴 법한 거만한 꽃미남. 제법 인기 있겠는데. 이 기개라니.

선생님 소설의 요란함과 똑 닮았더군요. 수선쟁이는 때때로 고독을 감춘다. 그거로군요, 선생님은. 여하튼 천하일품 사진이라 사려고 했는데 20엔이나 해서 포기했습니다. 이런, 어쩐지 실례되는 말을 늘어놓은 것 같습니다. 죄송합니다. (하략)"

이 연하장의 주인공은 도호쿠 지방의 산골 마을 주민으로 나이는 스무 살 안팎, 아마 열여덟 살 정도가 아닐까. 이불 위에 여자가 한 명 누워 있으면 얼추 만점이란 눈부신 착상이 산골 사내아이란 생각이 안 들 만큼 얄밉지만 말이다.

얼마 전 아사쿠사에서 지방 순회 중인 배우한테 들었는데, 요즘 사람들이 시골로 몰려갈 만큼 시골에 새로운 풍속이 유행하고 있단다. 시골 형님들은 멋쩍어하며 팔짱 끼고 걸어가는 도쿄 아베크족과는 차원이 다르다는 얘기였다. 어두운 극장 객석에 앉아 무대 위 연극을 구경하기보다는 자신의 연기에 열중하는 풍속이 유행하고 있다니, 이 산골 사내아이의 착상이 내 눈에는 새로워도 산골에서는 흔한 일인지도 모른다. 그나저나 산골 마을에서까지 그 사진이 물의를 일으키고 있는 듯해 좀 부끄러웠다.

원고료

아쿠타가와 류노스케芥川龍之介

아쿠타가와 류노스케는 1914년 고교 동창생인 기쿠치 간, 후에 소설가이자 극작가로 활약하는 구메 마사오 등과 함께 『신사조』(제3차), 1916년 『신사조』(제4차)를 창간했다. 『신사조』는 1907년 오사나이 가오루가 제1차 창간한 이후 도쿄대 동인지로 1979년까지 산발적으로 발행됐다. 『신사조』는 동인지였기에 당연히 고료가 없었다. 1916년 첫 고료에 실망한 그였지만, 1917년 「희작삼매」가 마이니치신문에 실린 것을 계기로 1919년 마이니치신문사와 전속 계약을 맺고 고료 외에 월급 50엔을 받다가 후에 150엔으로 올랐다고 알려졌다.
「원고료」는 1923년 5월 30일 도쿄니치니치신문에 실린 글이다.

우리는 당시 동인지 『신사조』에 틀어박혀 있었다. 『신사조』 말고 다른 잡지에도 때때로 작품을 발표하는 사람은 구메 마사오 한 명뿐이었다. 어느 날 『희망』이라는 잡지사가 돌연 내 앞으로 편지를 보내왔다. 편지는 5월호에 맞춰 단편을 하나 써주면 좋겠는데 형편이 어떤지를 묻는 내용이었다. 물론 나는 흔쾌히 승낙했다.

　일주일이 채 되지 않아 「이」라는 제목의 단편을 희망사로 보냈다. 그러고는 원고료가 들어오기를 기다렸다. 첫 원고료를 기다리는 심정이란, 글을 팔아본 적 없는 사람은 언뜻 상상이 안 갈지도 모른다. 조금 과장하자면 나오자무라이를 기다리는 미치토세*처럼 나는 원고료가 송금되는 날을 손꼽아 기다렸다. 원고료는 쉬이 들어오지 않았다. 몇 번이나 구메 마사오와 '희망사는 내 단편에 얼마를 지급할지'를 이야기했다.

　"1엔은 주겠지. 1엔이면 원고지 열두 매니 12엔인가. 아니, 아니. 1엔 50전은 틀림없이 줄 거야."

　구메는 이렇게 예측했다. 어쩐지 그런 말을 들으니 1엔 50전은 받을 듯한 느낌이 들었다.

　"1엔 50전 받으면 8엔으로 한턱 쓰라고."

* 일본 전통 연극인 가부키 「구름 같은 우에노의 첫 벚꽃」의 남녀 주인공으로 의적 나오자무라이와 유희 미치토세는 연인 사이였다.

나는 한턱내기로 약속했다.

"1엔이라도 5엔은 한턱 쓸 의무가 있다네."

구메는 또 말했다. 그 의무라는 말은 수긍이 안 갔지만, 5엔 내는 데는 나도 별다른 이의가 없었다. 그 사이 『희망』 5월호가 나왔다. 동시에 원고료도 손에 들어왔다. 그걸 호주머니에 넣은 채 구메의 하숙집을 찾아갔다.

"얼마 들어왔어? 1엔? 1엔 50전?"

구메는 내 얼굴을 보자마자 자기 일인 양 열을 올리며 물었다. 뭐라 답하지 않고 주머니에서 송금액이 적힌 종이를 꺼내 보여줬다. 종이에는 잔혹하게도 3엔 60전이라고 쓰여 있었다.

"한 매당 30전인 건가? 너무하네."

구메 역시 어이없다는 표정이었다. 나는 훨씬 더 시무룩한 얼굴이었다. 하지만 얼마 지나지 않아 우리는 동시에 히쭉히쭉 웃어댔다. 구메는 이른바 엷은 쓴웃음*을 지었고, 나는 살짝 쓰디쓰게 웃었다.

"30전은 너 자신을 알게 해준 값을 뺀 금액일 거야. 1엔 50전 빼기 30전은 1엔 20전. 꽤 비싸네."

구메는 이렇게 말하면서 종이를 돌려줬다. 하지만 요전처럼 한턱이나 의무 따윈 입에 담지 않았다.

---

* 구메 마사오는 엷은 쓴웃음을 뜻하는 조어 '微苦笑'를 만든 것으로 유명하다.

" 원고료가

송금되는 날을

손꼽아 기다렸다.

원고료는 쉬이 들어오지 않았다. "

아쿠타가와 류노스케

" 가벼운 마음으로
글을 쓰기에는
연필이 제일이지 싶다. "

문방구 만담

다니자키 준이치로谷崎潤一郎

다니자키 준이치로는 1923년 간토대지진을 겪은 뒤 지진을 두려워하며 도쿄를 떠나 교토, 고베, 효고 등 간사이 지방에서 터를 잡고 살았다. 이후 초기 문학의 최고 걸작으로 꼽히는 『치인의 사랑』을 시작으로 『만지』, 『한국』 등 모든 연재 작품을 우편으로 잡지사에 보냈다. 1930년 효고에 살 때 이혼했는데, 얼마 지나지 않아 친구이자 소설가인 사토 하루오와 그의 아내가 결혼했다. 1921년 사토 하루오가 자신의 아내를 사랑한다는 사실을 알고 아내를 양보하겠다는 연하장을 문단 동료에게 보낸 적 있는 다니자키 준이치로는 그들의 아들 이름까지 지어주었다.

「문방구 만담」은 1933년 10월 잡지 『문예춘추』에 실린 글이다.

나는 오래전부터 만년필을 사용하지 않는다. 일본지와 서양지, 두 종류의 원고지를 만들어 두고 일본지일 때는 붓으로 쓰며 서양지일 때는 연필로 쓴다. 내 취향이기도 하지만 오히려 현실상의 필요로 그렇게 하게 되었다.

만년필은 먹을 갈고 먹물이 옷에 배는 성가신 일이 없는 만큼 붓보다 훨씬 빨리 쓸 수 있다. 그런데 불행히도 내게는 만년필의 이 장점이 아무런 도움을 주지 못한다. 왜냐하면 글 쓰는 속도가 너무나 느리기 때문이다. 한 줄 쓰고는 앞엣것을 다시 읽어보거나 일어나서 실내를 돌아다니거나 차를 마시거나 담배를 한 대 피우며 천천히 궁리한 다음 뒤엣것을 잇는다. 그래서 먹 가는 수고도 옷에 묻는 먹물도 전혀 문제가 안 된다. 도리어 뭔가 다른 일이 생기는 편이 공상하기에 더 좋다. 손이 따라가지 못할 정도로 문장을 빨리 쓰는 사람에게는 만년필의 장점이 유용해도 나 같은 사람에게는 원고 쓰는 시간 전체를 따져보면 만년필이나 붓이나 조금도 다를 바가 없다.

되레 만년필의 단점이 해를 입힌다. 만년필은 되도록 가볍게 쥔 채 가늘고 작게 쓰기에 적합한데, 나는 한 자 한 자 힘을 줘서 굵고 크게 원고지 칸 가득 글자가 들어가도록 쓴다. 사토 하루오 작가도 글자를 굵게 쓰는 편이다. 예전에 낡을 대로 낡아 끝이 뭉그러진 G펜 녀석을 사용하다가 촉이 똑 부러지거나 틈이 너무 벌어져서 잉크를 빨아들이지 못할 때가 종종 있었다.

펜은 이른바 쓰기 좋은 시기가 매우 짧다.

만년필도 두껍게 쓰려면 못 쓸 것도 없지만 부드러운 붓이나 G펜만큼 자유자재로 다루지 못한다. 지금 말한 대로 힘을 줘서 쓰면 아무래도 저항감이 느껴져서 모르는 사이 손이 지치고 어깨가 뭉친다. 그리고 잉크가 더디게 마르기 때문에 압지를 사용해야 한다. 글자를 작고 가늘게 쓰는 사람에게는 그다지 필요 없는 과정이겠지만, 나 같은 사람은 쓰자마자 한 줄 한 줄 압지로 눌러 잉크를 흡수하지 않으면 손목이나 원고지가 금세 더러워진다.

더욱 곤란한 점은 원고를 고칠 때다. 고친 부분을 다른 사람이 읽지 못하도록 새까맣게 덧칠하는 버릇이 있는데, 만년필의 가는 선으로 샅샅이 덧칠하려면 품이 많이 든다. 몇 번이나 겹쳐 칠하지 않으면 아래에 있는 글자가 비친다. 겨우 보이지 않도록 덧칠했다 싶으면 이번에는 잉크가 번들번들 떠서 쉬이 마르지 않는다. 하는 수 없이 압지로 누르기가 무섭게 아래 글자가 보이기 시작한다. 이래서는 안 되니까 칠한 데를 또다시 겹쳐 칠한다. 그러다가 막판에는 원고지에 구멍을 뚫어버리기 일쑤다.

이런 폐해를 고려하여 시험 삼아 붓으로 쓰는 모습을 상상해보시길. 지금껏 늘어놓은 불편이 모두 사라질 테니. 먼저 글자를 생각한 대로 두껍게 쓸 수 있음은 물론이고 아무리 힘을 쥐도 부드러워서 거부감이 들지 않기에 어깨가 아플 걱정이 없다. 무엇보다 실로 마음에 생기가 넘친다. 압지라는 귀찮은 존재가 책상에서 자취를 감추어서다. 나는 덧칠용 굵은 붓을 따로 준비해 놓고 잘못 쓰면 한꺼번에 죽죽 긋는다. 만년필이라면 여러 번 덧칠할 부분도 붓이라면 위에서 아래로 단숨에 쭉 그으면 끝이다. 먹물이 진하면 아래 글자가 비쳐 보일 우려가 거의 없다.

또 쓸 때 전혀 소리가 나지 않는다. 펜이나 만년필은 (힘주어 쓰는 탓이려나) 이상하게 버석버석 시끄러운 소리가 난다. 연필 소리는 거침없이 흘러가서 그다지 거슬리지 않지만, 금속성이 빛나는 펜촉이 종이에 달라붙는 소리는 결코 기분 좋게 들리지 않는다. 로마자라면 괜찮을지 몰라도 한자는 획이 복잡한 데다 직선을 이리저리 꺾어대니 자연스레 소리가 점점 커진다. 지인 중에 일본 면도날은 소리가 안 나는데 서양 면도날은 쨍쨍 울려서 기분이 나쁘다고 말하는 사람이 있다. 펜과 붓을 두고 나도 같은 말을 하는 셈이다.

뭐, 그 정도 소리쯤 남들은 아무렇지 않으려나. 하지만 깊은 밤 홀로 방에 틀어박혀 달그락 소리 하나 없는 가운데 조용히 구상을 가다듬고 문장을 쓰는 나 같은 사람은 아주 미세한 소리조차 이상하리만치 잘 들린다. 때로는 그 소리가 신경을 몹시 건드리거나 흥분시킨다. 반면 붓은 아무리 빨리 써 내려가도 절대 소리를 내지 않는다. 따라서 마음이 차분해지고 정신이 맑아진다.

붓으로 쓸 때, 원고지도 일본지가 편하다는 사실을 굳이 말할 것까진 없을 터. 일본지는 그 외에도 여러 가지 장점이 있다.

첫째, 간사이 교외에 살고 있기에 원고를 기자에게 직접 건네주지 않고 거의 언제나 우편으로 보낸다. 그러려면 무게가 나가지 않고 부피가 크지 않으면서도 단단한 종이가 좋다.

둘째, 글을 잘못 써서 고쳐 쓰는 일이 많은 편이다. 통계를 내보지 않아 확실히 말할 순 없어도 원고 한 매를 쓰기 위해 적어도 원고지 너덧 매는 허비한다. 그래서 백 매짜리 작품을 쓰기 위해 원고지 사오백 매 이상을 준비해 둔다. 붓이 마음대로 움직이지 않을수록 작업 진도는 느려지고 그와 반비례해서 원고지는 순식간에 줄어든다. 휴지통은 금세 흘러넘친다. 일하는 도중에 누군가 불러 휴지통을 비워달라고 부탁하기도 귀찮으니 책상 주변은 어쩔 수 없이 지저분해진다. 이럴 때 일본지는 부피가 크지 않은 만큼 휴지통이 범람하는 횟수가 적기에 비우러 가는 수고 역시 덜 든다. 여행할 때도 서양지라면 오백 장이나 천 장 가져가기 번거롭지만 일본지라면 가볍게 들고 갈 수 있다.

원고지는 인쇄소에 부탁해서 제작하는데 그때마다 품질, 크기, 색조가 조금씩 다르게 나온다. 한번은 산뜻한 노란색으로 찍어달라고 했더니 롤러를 깨끗이 씻지 않았는지 노란색이 이상하게 탁하게 나와서 난감했던 적이 있다. 그 후 이래저래 고민한 끝에 지금은 일본지만은 집에서 하나하나 손수 찍는다. 종이 가게에서 직접 종이를 사 오고 직접 잉크를 조합하기에 잘못될 염려가 없다. 설사 잘못되더라도 인간은 제멋대로인지라 자신의 실수라면 '뭐, 어쩔 수 없지' 하고 쉬이 받아들인다.

귀찮아 보이지만 찍어내는 재미가 쏠쏠하다. 한꺼번에 천 장이나 이천 장을 만들 필요가 없으니 하루에 오십 장이나 백 장씩 틈나는 대로 찍으면 그만이다. 하기 싫어지면 아이나 식모에게 하는 법을 가르쳐주고 맡기면 된다. 그리고 언제 원고지가 바닥나더라도 종이만 있으면 당장 백 장이든 이백 장이든 찍어낼 수 있다. 종이는 특별한 종이가 아닌 한, 근처 종이 가게로 달려가면 대부분 손에 들어온다. 그 덕에 예상외로 잘못 쓴 부분이 많아도 원고지가 동나서 불편했던 적은 거의 없다.

인쇄잉크는 처음에는 제도용 가루물감, 그다음 치자나무 열매를 달여서 사용하다가 요즘은 붉은색 안료인 홍각을 사용한다. 제도용 가루물감은 좋아하는 색으로 조합하기 어려울뿐더러 교외 작은 마을에서는 쉽게 구할 수 없기에 오사카나 고베까지 나가야 한다. 말린 치자나무 열매는 약방 어디에서나 파니 구하기도 쉽고 조합하지 않고 그대로 사용하지만 달이는 데 품이 들고 색이 금세 바래는 최대 결점이 있다. 전문가에게 들으니 치자나무 열매로 염색한 문양은 햇빛을 받으면 한 달도 못 가서 흔적 없이 사라진다고 한다. 그 사실을 모르고 있다가 최근 알고 난 뒤부터 치자나무 열매를 사용하지 않는다. 원고는 활자화가 끝나도 오래 보존해야 하는데 괘선이 사라져버리면 곤란하다.

홍각도 식물성 안료이기에 다소 바래기는 할지언정 치자나무 열매보다 색이 훨씬 진하니 흔적 없이 사라지는 일은 없으리라. 게다가 홍각은 가루를 물에 녹이면 끝이라 달이는 품도 안 들고, 간사이 지방에서는 보통 일반 가옥 도료로 사용해서 시골 어디를 가든 판다.

그래도 여행할 때는 만년필이 더 편하다고 생각할 텐데, 만일 시골구석에서 망가지거나 잃어버리거나 잉크가 떨어지면 어떻게 할 건가? 이에 반해 오늘날 어떠한 외진 지방이라도 객실에 벼룻집을 놓아두지 않는 여관은 한 곳도 없다. 즉 물이 있는 곳이라면 붓과 먹을 자유로이 쓸 수 있다. 원고지도 그렇다. 나는 장기간 여행을 떠날 때는 언제나 목판을 가방에 챙겨 넣는다. 인쇄판만 있으면 홍각과 종이야 여행지에서 사면 되니 아무리 글을 잘못 쓰고 또 써도 안심이다.

연필은 원고지 사이에 카본지를 끼우고 복사할 때 쓴다. 조금 소리가 나고 저항감이 있고 적당한 연필깎이가 없다(요사이 나온 바리캉식 연필깎이는 제법 쓸 만하다. 책상에 붙박아 두는 기존 녀석은 풍류가 없어 괴롭다)는 결점이 있긴 해도 지우개를 사용할 수 있다는 점이 마음에 든다. 압지도 필요 없고 책상이나 손이 더러워질 일도 없다. 긴장하지 않고 가벼운 마음으로 글을 쓰기에는 연필이 제일이지 싶다.

일본지나 붓이 다소 비싸긴 하다. 하지만 화가에게 화폭이나 물감이 장사 밑천인 것처럼 작가에게 일본지나 붓은 장사 밑천이다. 거기에 돈이 좀 든다고 투덜대는 사람에게 한마디, 작가라서 다행인 줄 알기를. 화폭이나 물감과는 비교도 안 될 만큼 값싼 물건이지 않은가.

쓴다는 것

이즈미 교카泉鏡花

1873년 이시카와현 출생. 1891년 열여덟 살에 통속소설의 일인자 오자키 고요에게 사사한 뒤 1895년 『문예구락부』에 「야행순사」와 「외과실」을 발표하며 작가의 길로 들어섰다. 1900년 고승이 들려주는 마녀 이야기를 그린 「고야산 스님」으로 인기 작가의 반열에 올랐다. 자연주의 문학이 주류를 이루던 문단에서 요괴, 민담 같은 설화문학이나 고전을 소재 삼아 독특한 환상 세계를 추구한 그의 작품은 큰 반향을 일으켰다. 이후 근대 환상문학의 선구자로 불리며 삼백여 편에 이르는 작품을 남겼다. 생전인 1925년부터 전집이 발간됐는데, 다니자키 준이치로나 아쿠타가와 류노스케 같은 당대 최고 작가들이 편집위원으로 참여했다. 1939년 9월 7일 예순여섯 살에 폐종양으로 생을 마감했다.

「쓴다는 것」은 1925년에 발표한 글이다.

남들은 어떨지 몰라도 나는 딱 이맘때가 제일 좋지 않다. 봄에서 여름으로 넘어가는 새잎의 시기, 선명치 않은 바깥 공기에 닿으면 어쩐지 창작하고픈 마음이 들지 않고 펜이 술술 나가지 않아서 생각한 대로 글을 쓸 수 없다.

도대체 어느 때가 글을 쓰기에 좋은 계절이란 말인가. 그런 사치스러운 이야기를 할 처지가 아니지만, 한여름 또는 한겨울처럼 덥다면 몹시 덥고 춥다면 몹시 추운 그 극한의 시기가 좋다. 하루로 말하면 낮보다는 밤에 글이 훨씬 빨리 써진다. 낮 동안 원고 다섯 장을 쓴다고 치면, 밤사이에는 열다섯 장을 쓸까.

낮에는 책상 앞에 앉아 펜을 들 때마다 뭔가 볼일이 생긴다. 가령 집사람이 "식사하세요"라고 부르면 곧장 아래로 내려가 밥을 먹어야 한다. 두부 장수가 와서 뭔가 수다 떠는 소리가 2층까지 들려오는 것도 달갑지 않다. 또 시간의 경과가 신경 쓰인다. 시간을 알려주는 요소가 많아서다. 밤이 돼서 시간의 기색이 죄다 사라져야 비로소 차분해진다.

시간의 경과란 그때그때의 감정이다. 같은 시간이라도 때에 따라 굉장히 길게 느껴지기도 하고 또 놀랄 만큼 짧게 느껴지기도 한다. 일이 척척 진행되는 동안에는 시간이 너무 빨리 흘러서 스스로도 어이없을 때가 있다. 잠깐 글을 썼나 싶은데, 밖으로 심부름을 보냈던 이가 눈 깜짝할 사이에 돌아온다. 무섭도록 빠르다. 꼭 거짓말 같아서 시계를 보면 두 시간이나 세 시간쯤 지나 있다. 이런 일이 내게는 결코 드물지 않다. 또 반대로 생각한 대로 글이 써지지 않으면 시곗바늘이 전혀 움직이지 않는 건가 의심할 만큼 시간이 더디게 흐른다.

글을 쓰려고 마음먹으면 단숨에 몇 장이든……. 그래도 별로 지치지 않는다. 물론 다 쓴 뒤 그에 걸맞은 피로는 느낀다. 다만 원고지에 쓴 글 또는 인쇄된 글을 필사할 때는 그 글이 아무리 짧더라도 심한 권태감과 피로감이 몰려와서 견딜 수 없다. 몸이 지칠 뿐만 아니라 상당한 시간이 걸린다. 하지만 머릿속에 쓰고 싶은 뭔가가 떠올라서 펜을 들면 얼마든지 빨리 쓸 수 있다. 경문을 베끼는 시간보다 더 짧은 시간에 써지기도 한다.

" 도대체 어느 때가
글을 쓰기에
좋은 계절이란 말인가. "

이즈미 교카

푸른 배 일기

야마모토 슈고로 山本周五郎

1903년 야마나시현 출생. 어려운 가정 형편 탓에 열세 살 때부터 전당포에서 종업원으로 일했다. 이때 가게 이름인 '야마모토슈고로'를 필명으로 사용했다. 본명은 시미즈 사토무. 1923년 간토대지진으로 가게가 불탄 뒤 고베에서 편집기자로 일하다가 도쿄로 와서, 1926년 「스마데라 부근」을 발표했다. 『일본혼』 편집기자로 근무하며 지바현 우라야스마치에서 살다가 1928년 10월 근무 태만으로 회사에서 해고됐다. 1932년부터 『킹』에 시대소설을 연재, 『붉은 수염 진료담』, 『사부』 등 대중소설을 쓰며 폭넓은 독자층을 확보했다. 1943년 『일본부도기』가 나오키상 후보에 올랐음에도 신인 작가가 받는 편이 좋을 것 같다며 후보를 사퇴했다. 1967년 2월 14일 예순네 살에 세상을 떠났다.
「푸른 배 일기」는 1928년 8월부터 1929년 9월까지 쓴 일기에서 발췌한 글이다.

오늘은 잠에 취해 멍했다. 그래서 회사를 쉬었다. 글을 썼다. 소설 「후진」 열다섯 매. 잘될까. 지금 일막극만 열 종 골라서 단행본을 만들려고 계획 중이다. 잘되면 좋겠는데. 낮에 대여섯 번 천둥소리가 울렸다. 천둥이 온종일 오락가락했다. 지금은 저녁 8시. 말간 열나흘의 달이 하루 일을 끝낸 고요하고 평안한 마을 위를 비춘다. 오늘 밤은 부동명왕의 잿날이라, 수로 쪽은 활기가 넘친다. 오늘 멋진 구름을 보았다. 비는 아마 그치리라. 나의 생활은 충실하리라. 오, 나는 뛰어난 사람이다! 사랑하는 연인 스에코여, 행복한 꿈을 꾸길.

1928년 8월 28일

어제는 아무것도 하지 않았다. 밤에는 친구 다카나시 집에서 보냈다. 밤과 포도를 대접받았다. 첫가을 냄새가 나를 만족시켰다. 오늘 역시 아무 일도 하지 않았다. 이시이 신지로부터 온 편지. 9일에 쓰마 군과 함께 나를 만나러 우라야스마치를 방문하겠다는 내용이었다. 밤, 초안을 잡은 '제비'를 깨끗이 베껴 쓰는 참이다. 아, 중요한 일을 깜박했다. 지금 '다누마 오키쓰구'* 플랜을 짜고 있다. 대작이 되리라, 이번에는 어쩐지 손에 넣을

* 1953년 제목을 '영화로운 이야기'로 바꾸고 주간지에 연재했다. 다누마 오키쓰구는 에도 막부 세도가로 일본인이 뽑은 역사상 가장 끔찍한 악당 중 한 사람으로 꼽힐 만큼 악명이 높다.

것 같다. 참고서가 한 권 부족해 이시이한테 빌리지 않으면 안
되지만. 나는 다누마 오키쓰구를 하급 관리이자 또 자본력의
해체자이자 경영가로 그리려고 한다. 요점은 한마디로 다음과
같다.

　다누마 오키쓰구. '무가의 명예? 으음, 좋은 문자다. 울림 있
는 고상한 말이다. 하지만 그걸로 먹고살 수 있냐?'

　오늘은 몹시 더웠다. 위의 상태는 완전히 회복되었다. 다음
에는 주의하자. 이것 말고 별다른 생각은 없다. 이제 수로 쪽으
로 산책하고 와서 자야겠다. 스에코여, 너에게 편안한 잠과 아
름다운 꿈이 찾아가기를.

1928년 9월 6일 9시 30분

　온종일 비가 왔다. 몸 상태가 매우 나쁘다. 편도선이 부어 목
이 아프다. 점심에 튀김과 함께 술을 마셔서 그런가 보다. 계속
잤다. 오후에는 폭풍우가 휘몰아쳤다. 북풍이라 쌀쌀했다. 밤
이 되자 남풍으로 바뀌더니 또 이상하게 숨 막히게 더웠다. 싫
은 날씨다. 아랫집 아주머니가 설탕물을 만들어줬다. 희극 '오
니가 고개'를 쓰려 했지만 쓰지 못했다. 오모리 지방의 고요함
과 그 주변을 모티브로 한 소설 '벌거벗은 여자' 구상을 마쳤
다. 나는 욕정의 밑바닥을 그려보려 한다. 고베(특히 나카이 덴
세이*를 중심으로)를 배경으로 한 소설 '기노사키까지'도 물건이

될 것 같다. 일을 하고 싶다, 빨리 도쿄로 돌아가자. 몸이 좋아
지기만 한다면. 내일부터 또 당분간 회사 4층에서 자야 한다.
바보 같은 이야기다. 스에코여, 나의 잠을 지켜줘.

1928년 10월 7일

  이제 됐다. 기침은 낫지 않는다. 오늘은 몸 상태가 좋았다.
목욕을 했다. 우유와 사과와 빵과 초콜릿으로 하루를 버텼다.
저녁은 다카나시네에서 먹었다. 정어리구이와 어묵을 넣은 국,
밥에 건어물과 차를 말아 먹었다. 오랜만에 맛나게 식사했다.
식후 포도도 맛있었다. 오늘은 세 장가량 스케치를 했다. 그중
한 장이 아주 잘 그려졌다. 이름하여 '조개를 사는 배'. 소설의
재료로는 화장터 남자 모모 씨, 벌거벗은 남자, 거리낌 없이 사
람을 벤 이야기, 친구인 쓰마 군이…… 가마 속에 죽어 있다 등
등. 그 외 별로 아무 일도 없었다.

  '다누마 오키쓰구' 두 매를 썼다. 이야기가 잘 풀리지 않는
다. 도쿄에 돌아가고 나서부터다, 빨리 도쿄로 돌아가자. 그러
고 나서 일이다, 일! 아, 작가 이케타니 신자부로가 빚을 내어
생활하고 있단다. 그가 말하길 "여기서 먹고살 수 없다면 어디

---

* 고베에서 잡지 편집자로 일하던 시기에 만난 극작가. 후에 실제로 이 사람을 모델
  로 해서 「가을바람기」, 「쾌활한 손님」을 발표했다.

든지 가겠다, 나는 일본의 신자부로다." 저렇게 가난하면 누구라도 그렇게 말하지. 신자부로여, 당신도 비로소 인간이 되었는가. 행복해라, 도련님이여. 너는 머지않아 참된 인생을 보리라. 아니면 선생이나 되어라. 자, 오라. 나 시미즈 사토무는 쉽사리 꺾이지 않을 테니. 잘 봐라. 내일의 태양에 영광 있으라.

1928년 10월 13일

어젯밤은 멋진 달밤이었다. 한밤중 처마에 떨어지는 밤이슬 소리가 났다. 파르께하게 환한 하늘을 바라보며 잠이 들었다. 다카나시 집에서 아침밥을 먹었다. 어제는 '다누마 오키쓰구'를 쓰려 했지만 실패했다. 오늘은 아침부터 흐리더니 보슬비가 내렸다. 도쿄에서 낚시하러 온 손님들이 추운지 배 안에서 몸을 떨며 먼바다로 나갔다. '다누마 오키쓰구'를 세 번 고쳐 썼다. 이번에는 다행히 그럭저럭 실마리를 찾은 것 같다. 별다른 중요한 계획은 없지만, 돈이 들어오면 도호쿠 지방으로 여행을 떠나고 싶다. 아, 어젯밤 연기관에서 「과학적 요술」이라는 영화를 봤다. 20년이나 전부터 '술수'를 되풀이하던 불쌍한 나그네들이여. 자, 이제 자자. 조만간 또 거처를 옮겨야 한다. 좋은 꿈이 찾아오기를.

1928년 10월 28일

'다누마 오키쓰구' 네 매를 썼다. 오후부터 낚시를 했지만 한 마리도 잡지 못했다. 게으름을 피운 벌이리라. 우울하다. 정신 차려라, 시미즈 사토무! 네놈은 꺾이려는가, 세상 놈들이 만세를 부르기를 원하는가, 심한 거짓말쟁이로 비웃음을 당하고 싶은가. 기운을 내라, 네놈은 선택받은 남자다. 잊지 마라, 알겠나. 자, 일어나라, 일어나서 그 두 다리로 단단히 서서 고난과 가난을 맞이하라. 네놈에게는 그럴 힘이 있다, 있단 말이다! 잊지 마라, 자신을 더욱 소중히 여겨라. 그리고 자, 웃어라. 배 속부터 소리 내어 웃어라.

1928년 11월 6일 밤 11시

어제 야마모토전당포에서 돈을 빌리지 못했다. 박문관 출판사에 소녀소설을 갖고 갔다. 이구치 죠지 편집자는 무척 친절했다. 오늘은 스케치를 두 장 했다. 조용한 밤이다. 어젯밤은 달이 월식으로 초승달이 되었다. 다카나시와 화해했다. 그의 여동생이 죽어가고 있다. 그녀의 두 딸이 불쌍하다. 세상 모든 것에 신의 은총이 있기를, 스에코여.

1928년 11월 30일

글을 쓰다가 펜이 멈추고 말았다. 어쩐지 기분이 이상하다. 도쿠다 슈세이의 『곰팡이』를 읽었다. 훌륭했다. 조만간 도쿄에 간다. 박문관 출판사에서 원고료를 받을 수 있을까. 만약 못 받는다면 슬슬 뭐라도 하지 않으면 안 된다. 소설을 쓰자, 그것 말고는 별생각이 없건만. 해거름에 먼바다로 나가서 스케치를 했다. 집주인 아들인 쇼타로는 생활에서 유일하게 위안을 주는 존재다. 아, 사랑스러운 아이여.

1928년 12월 14일

　제야의 종이 울린다. 올해는 매우 다사다난했다. 첫발을 충분히 내디뎠다. 글을 마음껏 썼다. 후반기 우라야스마치로의 이주는 생애에서 좋은 계기가 되리라. 제야의 종이…… 다섯 개의 절, 다섯 종류의 종(마치 1923년 고베 스마에서 보낸 밤처럼)이 지금 나의 외롭고 가난한 서재로 찾아온다. 다른 이들은 잠자리에 들었다. 아까 나를 꾸짖었던 때 묻은 이여, 너도 지금은 꿈에 파묻혀 있겠구나. 1924년 제야는 고베 지아키야여관에서, 1925년도 역시 고베에서. 1926년은 돗토리시에서, 1927년은 시나가와 집에서. 그리고 올해 1928년은 지바현 우라야스마치에서 보내고 있다. 도쿄에서 오는 증기선도 이미 끊겼다. 지금 건너편 강가 가사이 마을을 둘러보는 화재 감시인이 치는 딱따기 소리가 또렷하게 들려온다. 대문에 세워 놓은 조릿대 잎이 조용히 바람에 흔들리며 소리를 낸다. 솨…… 솨…….

　올해는 '다누마 오키쓰구'를 쓰고 '사람과 생활'을 쓰고 '부서진 타임런'을 쓰고 '밀짚모자'를 쓰고 '우라시마'를 썼다. 거기에 3막 미완성 한 편, 1막 미완성 두 편, 사극 6막 미완성 한 편을 썼다. 봄, 시즈코를 만났지만 금세 잃어버렸다. 초여름, 스에코를 만나 약혼이 거의 성사됐다. 여름, 우라야스마치로 옮겨왔다. 가을, 직장을 잃고 집 안에 틀어박혔다. 초겨울, 미나미보소를 여행했다.

후반기에 시작한 소묘화는 나를 위로하고 또 성장시켰다. 올해도 스트린드베리에게 감사하자. 그건 그렇고 용케 지치지 않고 잘 헤쳐왔구나, 시미즈 사토무여. 그럼 좋은 해가 되기를. 스에코와의 일도 잘되리라. 안녕, 1928년이여.

1928년 12월 31일

번민 일기

다자이 오사무太宰治

지주 가문에서 태어난 다자이 오사무는 고리대금업으로 부를 쌓은 집안 내력을 부끄러워하며 성장했다. 대학 입학 후 이는 더욱 심해져 아버지와 사이가 좋지 않았는데, 좌익 운동으로 당시 현의원이던 큰형과도 갈등을 빚었다. 게다가 고등학생 때 알고 지내던 게이샤 오야마 하쓰요와 1931년부터 도쿄에서 함께 살기 시작하자 큰형은 호적에서 나가는 조건으로 졸업 때까지 매월 120엔을 보내주기로 하고 그와 연을 끊었다. 하지만 1937년 3월 하쓰요의 불륜 사실을 알고 동반 자살을 시도했다가 실패로 끝나고 둘은 헤어졌다.

「번민 일기」는 1936년 6월 잡지 『문예』에 실린 글이다.

×월 ×일

우편함에 살아 있는 뱀을 던져 넣고 간 사람이 있다. 분노. 하루 스무 번씩 자기 집 우편함을 들여다보는, 팔리지 않는 작가를 비웃는 자가 한 짓이 틀림없다. 기분이 나빠져서 온종일 몸져누움.

×월 ×일

고뇌를 자랑거리로 삼지 마라, 라는 지인으로부터의 편지.

×월 ×일

몸 상태 나쁨. 자꾸 가래에 피가 섞여 나온다. 고향에 알려보지만 믿지 않는 눈치다. 뜰 한구석에 복숭아꽃이 피었다.

×월 ×일

150만 엔의 유산이 있었다고 한다. 지금은 얼마나 있는지 전혀 알 수 없음. 8년 전, 호적에서 파였다. 형의 정에 의지해 오늘까지 살아왔다. 지금부터 어떻게 할래? 스스로 생활비를 벌어야 할 줄은 꿈에도 생각 못 함. 이대로라면 죽는 수밖에 달리 길이 없다. 이날, 탁한 일을 했다. 꼴 좀 봐라, 문장의 더러움, 서투름. 단 가즈오 씨 방문. 단 씨에게 40엔 빌림.

×월 ×일

단편집 『만년』 교정. 이 단편집으로 끝나는 게 아닐까, 문득 생각했다. 그렇게 될 게 뻔하다.

×월 ×일

지난 1년간 내 욕을 안 한 사람은 세 명? 더 적어? 설마?

×월 ×일

누나의 편지.

"지금 막 20엔을 보냈으니 받아주세요. 항상 돈을 재촉하니 나도 정말 곤란합니다. 어머니한테 말하려야 말할 수 없고, 내선에서 보내려니 진짜 난감합니다. 어머니도 돈 쪽은 자유롭지 못합니다. (중략) 돈은 허투루 쓰지 말고 아껴 써야 합니다. 지금은 잡지사에서 얼마라도 받고 있겠지요? 너무 남에게 기대지 말고 열심히 참고 견디세요. 뭐든지 조심해서 하세요. 몸조심하고, 친구들과 너무 어울리지 않는 편이 좋겠어요. 가족 모두 조금이라도 안심할 수 있도록 해주세요. (후략)"

×월 ×일

종일 꾸벅꾸벅. 불면이 시작됐다. 이틀째. 오늘 밤 잠들지 못하면 사흘째.

×월 ×일

새벽녘, 의사에게 가는 골목길. 어김없이 다나카 가쓰미 시인의 노래가 생각난다. 이 길을 울면서 걸어간 일을, 내가 잊어버리면 그 누가 알까. 의사한테 억지를 부려 모르핀을 쓴다. 한낮이 지나 눈을 떠보니 푸른 잎의 빛, 어쩐지 안타깝고 서글펐다. 건강해지자고 결심했다.

×월 ×일

부끄럽고 부끄러워 견딜 수 없는 곳의 한가운데를, 그녀는 아무렇지도 않게 말로 찔렀다. 날아올랐다. 게다 신고 기찻길로! 한순간, 장승처럼 우뚝 섰다. 풍로를 찼다. 양동이를 걷어찼다. 작은 방으로 가서 주전자를 장지문에! 장지문 유리가 소리를 냈다. 밥상을 찼다. 벽에 간장. 밥공기와 접시. 내 대신이다. 이 정도로 때려 부수지 않으면 나는 살아갈 수 없다. 후회 없음.

×월 ×일

173센티미터의 털북숭이. 부끄러움 때문에 죽다. 그런 문구를 떠올리며 혼자서 낄낄 웃었다.

×월 ×일

야마기시 가이시 씨 방문. 사면초가네. 내가 말하자 아니, 이면초가 정도야. 그가 정정했다. 아름답게 웃고 있었다.

×월 ×일

말하지 않으면 슬픔이 없는 것처럼 보인다, 라고 했던가. 꼭 들어줬으면 하는 것이 있다. 아니, 이제 됐다. 그저……. 어젯밤, 1엔 50전 때문에 세 시간이나 그녀와 말다툼을 했다. 속상하기 그지없다.

×월 ×일

밤, 혼자서 화장실에 갈 수 없다. 뒤에 머리가 작고 하얀 유카타를 입은 홀쭉한 열대여섯 살 남자아이가 서 있다. 지금 나에게 뒤를 돌아보는 행위는 목숨을 거는 일이다. 확실히 머리가 작은 남자가 있다. 야마기시 가이시 씨가 말하길, 나의 5, 6대 전 사람이 차마 말할 수 없는 잔인한 짓을 저질러서라고. 그럴지도 모른다.

×월 ×일

소설을 다 썼다. 이토록 기쁜 일이었던가. 다시 읽어보니 좋은 작품이다. 친구 두세 명에게 통지. 이것으로 빚을 다 갚을 수 있다. 소설 제목은 '흰 원숭이 광란'.

" 부끄러움 때문에 죽다.

그런 문구를 떠올리며

혼자서 낄낄 웃었다. "

다자이 오사무

일곱 번째 편지

미야모토 유리코宮本百合子

1899년 도쿄도 출생. 1916년 어린 시절 아사카 할머니 댁에서 본 시골의 삶을 묘사한 「가난한 사람들의 무리」를 발표해 천재 작가로 주목받았다. 1924년 자전적 소설 『노부코』를 쓰는 한편 1927년 소련에 다녀온 뒤 프롤레타리아작가동맹, 일본공산당에 가입했다. 1932년 문예평론가이자 공산주의자인 미야모토 겐지와 결혼했지만, 이듬해 그가 치안유지법 위반으로 투옥되었고 자신도 검거와 석방을 거듭한 끝에 집필 금지 처분까지 받았다. 번역 일을 해서 생계를 꾸려가며 1945년 남편이 석방될 때까지 구백여 통의 편지를 주고받았다. 1947년 패전 후 피폐해진 사회를 여성의 시선으로 섬세하게 그려낸 『반슈평야』를 펴냈다. 1951년 1월 21일 쉰두 살에 세상을 떠났다.

「일곱 번째 편지」는 20년간 남편에게 보낸 편지를 모은 『감옥으로 보낸 편지』에서 발췌한 글이다.

이치가와형무소 미야모토 겐지 앞

8월 18일 저녁.

이 종이는 작고 네 모서리가 둥글어 왠지 답답하게 느껴지네요. 커다란 종이에 낙낙히 커다랗게 쓴 글씨. 그래야 분명 읽을 때 기분이 좋을 텐데, 쓰다 보면 어느새 글씨가 작아집니다. 점점 한 글자 한 글자 작아지다가 하나의 문장으로 녹아듭니다. 이상합니다. 때때로 글자 말고 음악으로 소식을 전하고 싶을 정도입니다. 당신이 악보를 읽지 못하는 게 얼마나 아쉬운지 모른답니다.

당신의 창문에서는 무엇이 보이나요? 하늘, 전신주, 참새, 우듬지…… 그리고 무엇이 있는지요? 꽃은 있겠지요. 요사이 충분히 하늘을 보고 있나요? 하늘은 때때로 바다 같아서 찬찬히 바라보고 있으면 몸이 종종 붕 떠버리잖아요? 흘러가잖아요? 그 느낌은 저도 잘 압니다. 하지만 과연 그럴 만큼 넓은 하늘이 보일지. 아, 저녁노을로 물든 아사카의 불타는 하늘, 그 색채는 아름다워 놀라울 따름입니다. 조카 타로는 저녁놀이 진 그 하늘 아래를 어떤 표정으로 아장아장 걷고 있을까요?

8월 19일 낮.

책상 앞에 앉아 있다. 뒤에서 선들바람이 불어온다. 일을 시작하려는 참에 잠깐.

어젯밤 쓰루지로 씨가 지바현 호타에서 돌아왔습니다. 온몸을 까맣게 태운 나머지 피부가 홀딱 벗겨진 채로 말이죠. "나는 얼굴이 좀 볼품없으니까 피부가 검은 편이 낫대. 음, 아무래도 그런 것 같아"라며 자랑스러워하더군요. 그저께는 시게하루 씨 댁에서 오후를 보냈습니다. 사카에 씨 부부가 호타에 간다고 합니다. 여비는 있어, 근데 저쪽에서 말이지, 라고 하길래 쌀한 가마니를 그쪽으로 보냈습니다. 재미있죠? 도쿠조 씨가 돌아오는 대로 그쪽 부부도 갈 예정이라던데,* 도쿠조 씨가 언제 돌아올지 도통 모르니……. 그 사이 가을이 와버릴지도 모르겠네요.

책상 위 화씨온도계를 보니 지금 80도 언저리. 일하는 방에는 온도계, 습도계, 자석, 잘 드는 가위나 칼이 있으면 좋겠습니다. 지금은 온도계뿐. 이들처럼 실생활에서 쓰는 도구는 어쩐지 생활욕을 자극해서 기분이 좋습니다. 시계는 똑딱똑딱 소리가 너무 크게 들려서 질색입니다. 여름이 오면 잠자기 일쑤인 시계를 눈에 띄지 않는 곳으로 치워두고 안심합니다, 웃기지

---

* 문학평론가 구보카와 쓰루지로(窪川鶴次郎 1903~1974), 소설가 나카노 시게하루(中野重治 1902~1979), 쓰보이 사카에(壺井栄 1899~1967), 사카이 도쿠조(坂井徳三 1901~1973)는 미야모토 유리코 부부와 함께 일본공산당 당원으로 활동하며 두터운 친분을 쌓았다. 지바현 호타에는 미야모토 유리코가 빌린 셋집이 있었다.

요? 에디슨도 시계를 싫어했다네요. 하지만 일의 속도라고 할까, 진행 방식이라고 할까, 그런 것이 결국 24시간을 재고 있습니다.

코스모스 꽃병에 아주 조금 아스피린을 넣어봤습니다. 축 늘어져 있기에. 효과가 있을까? 예전에 스위트피 화분에 아스피린을 뿌렸더니 꽃이 죄다 고개를 빳빳이 쳐든 모양이 마치 종이 공예 같아서 몸서리를 쳤던 적이 있습니다.

요즘 소설 제목은 전부 한 망울 두 망울 응어리가 맺혀 있습니다. 다카미 준의 「기승전전」과 「볼꼴」, 무라야마 도모요시의 「수신」 등등.* 다카미 준은 설화체의 우두머리가 되어 '물욕'이니 '정욕'이니 하는 글을 쓰며 '의연한 황폐'를 주장하는 모양입니다. 바나 여급이나 데카당스에서는 의연함을 찾기 힘든 데다 달리 생활은 없고 얼굴은 들 수 없으니 적당히 설화체란 것을 만들어낸 듯합니다.

마쓰타 도키코 씨는 이런 재주가 함부로 날뛰는 모습에 "나는 진정한 소설을 계속 쓰며 살아갈 수 있을까"라고 물어보러 오기도 했습니다. 작가 생활에서 기개를 지키기가 얼마나 어려

* 다카미 준(高見順 1907~1965), 무라야마 도모요시(村山知義 1901~1977)는 프롤레타리아작가동맹에 참여하는 등 열렬한 공산주의자였으나 1934년 프롤레타리아작가동맹이 해체한 뒤 전향했다.

운지 깊이 느꼈습니다. 쓰다 보면 끝이 없으니 그럼 이만 이 종이를 치우겠습니다.

그러면 밑에서 원고지가 모습을 드러냅니다. 고리키의 「나의 대학」, 사파로프의 『마르크스주의의 길』과 동시에 번역하고 있는데, 재미있습니다. 엘리자베스 개스켈 여사는 샬럿 브론테 전기를 썼는데, 그 작품은 19세기 영국 문학사에서 전기문학의 걸작으로 평가받는다고 합니다.

8월 21일 한밤중.

비가 내리고 있다. 피곤하지만 충분히 일한 만족감. 몸에서 땀이 스며 나온다.

방울벌레 이야기를 쓴 그림엽서는 도착했는지요? 그 방울벌레가 지금 자꾸 소리 내어 웁니다. 아, 얼마나 지쳤는지. 그래도 마음은 미소를 짓는다. 일종의 행복감. 이 문장을 쓰며 생각했는데, 저는 지금까지, 작년 5월 10일까지는 이렇게 생활과 일 속에서 직접 느낀 여운을 있는 그대로 편지에 쓴 적이 없네요. 편지 형식에 맞춰 정돈해서 쓰곤 했지요.

어머나, 어딘가에서 아가가 울고 있다.

8월 23일 일요일입니다.

한 작가의 생애에 대해 이백오십 장 남짓 공부해야 했는데,

지금 단지 전기를 쓰는 것 이상으로 수확이 있었음을 확실히 깨달았습니다. 뭔가가 마음속에서 싹트는 듯싶다, 그런 예감.

8월 27일 오후.

자, 여기까지 쓰고 오늘 이 편지를 부치기로 합시다. 어제는 니콜라이 고골의 「타라스 불바」 시연을 보러 갔는데 재밌었습니다. 또 여러 가지 감상이 일었습니다. 동생 고쿠오마저 아사카에 가서 집이 아주 조용합니다. 친정으로 돌아오고 나서 처음으로 맞이하는 소리 없는 생활입니다. 무척 편안합니다. 머리가 잘 돌아갑니다. (지금 짧은 감상문을 끝낸 참) 쓰루지로 씨 부부는 햇볕에 타서 온몸이 새까맣습니다. 저는 그 옆에 서면 기분이 나쁠 정도로 하얗습니다. 오늘도 담요 건으로 전화를 받았습니다. 곧 보내겠습니다.

당신의 편지를 낙으로 삼고 어서 도착하기를 기다리며.

고마고메 하야시초에서

1936년 8월 27일

달콤한 배의 시

오구마 히데오 小熊秀雄

1901년 홋카이도 출생. 1922년 스물한 살 때 지역지인 아사히카와신문사에서 수습기자로 활동하며 시를 짓기 시작했다. 1928년 도쿄로 상경해 문예지 『민요시인』 등에 자유와 이상을 자유롭게 표현한 작품을 발표해 조금씩 이름을 알렸다. 1931년 프롤레타리아시인회에 참여하면서부터 자신을 '일하는 시인'으로 지칭하며 에너지 넘치는 저항시와 서사시를 주로 썼다. 시집 『하늘 나는 썰매』, 『장장추야』를 출간하는 한편 소설, 동화, 그림 등 여러 분야에서 활약했다. 특히 만년에 만화 편집자로 일하며 원작을 담당한 『화성탐험』은 일본 SF만화의 선구자적 작품으로 데즈카 오사무에게 큰 영향을 끼쳤다. 1940년 11월 20일 서른아홉 살에 폐결핵으로 생을 마감했다.

「달콤한 배의 시」는 사후 발표된 시로 1931년에서 1935년 사이에 쓴 것으로 알려졌다.

한밤중 사람들의

숨소리가 들리지 않는다

어딘가 깊은 구멍의 뚜껑이 열려

한 남자가 끌려 들어가듯,

나는 툭하면 밤의 고요함에 끌려 들어갈 것 같다

나는 정말로

이런 시간에

이런 태도로 적을 향해 반역의 시를 짓는다,

참으로 기쁘다,

내 일을 위해

누가 나를 지지해주려나,

나는 독자에게 주문하지 않는다.

나는 어딘가 물가에 서 있다

물가 사람들이 나를 축복해줄까.

그리하여 우선 한밤중 책상 위 달콤한 배 하나

내가 일을 마치길 기다리고 있다

껍질째 덥석 베어 문다,

개구쟁이처럼.

즙이 뚝뚝 떨어진다

적위군 기병의 말이 수십 리 달려와

작은 시냇물에 발바투 달려들듯,

"예술은 땀을 흘리는 일이다"라는 누군가의 말이 떠오른다

달콤한 즙은 굳건히 흐르고 껍질과 살을 떼어 내려

내 이는 쐐기와 지레가 되어 배의 살을 푹 베었다.

내 잇몸은 터지고 배는 피투성이

그래도 배란 녀석은 즙을 뚝뚝 흘리는 걸 멈추지 않는다

오히려 베인 틈으로 전보다 더욱 맹렬히 떨어진다

나는 그 달콤함을 탐욕스레 빨아들인다

나는 배와 싸우고 있다

얼마나 사랑스러운 유머인가,

피투성이 배는 달콤하다

이런 태도로 현실에도 달려들어 물고 싶다,

한 방울의 즙도 흘리지 않고 탐욕스럽게,

배처럼 현실을 두 손으로 꽉 잡고.

" 내 일을 위해

누가 나를 지지해주려나,

나는 독자에게 주문하지 않는다. "

오구마 히데오

4장、편집자는 괴로워。

" 당신 정도의 대작가라면
한두 편 나쁜 작품을 낸들
명성이 떨어질 걱정은 없지 않습니까? "

매문 문답

아쿠타가와 류노스케 芥川龍之介

아쿠타가와 류노스케는 1921년 3월부터 7월까지 마이니치신문사 해외시찰원으로 중국을 다녀왔다. 그리고 여행의 피로를 풀 새도 없이 집필에 매달리느라 병약했던 체질에 신경쇠약까지 겹쳐 수면제를 먹지 않으면 잠들 수 없는 상태가 되었다. 건강은 점점 나빠져 잠시 펜을 놓고 요양 생활을 시작했지만, 나날이 올라가는 명성으로 인해 출판이나 잡지 편집자가 연일 집으로 찾아와 편히 쉴 수 없었다. 결국 1923년 도쿄를 떠나 유가하라 온천에 가서 얼마간 머물렀다.
「매문 문답」은 1921년 12월에 쓴 글이다.

편집자: 다음 달 저희 잡지에 뭔가 써주시지 않겠습니까?

작가: 무리입니다. 요즘 들어 아프기만 해서 도저히 글을 쓸 수 없습니다.

편집자: 그래도 특별히 부탁하고 싶습니다만.

이러는 사이 글을 쓰면 책 한 권이 나올 만한 입씨름이 시작된다.

작가: 그런 형편이니 이번만은 양해해주세요.

편집자: 난감하네요, 어떤 것이든 좋습니다만…… 원고지 두 장이든 세 장이든 상관없습니다. 당신 이름만 있으면 됩니다.

작가: 그런 글을 싣는다니, 어리석은 일이지 않습니까? 독자가 딱한 것은 물론이거니와 잡지에도 손해가 될 텐데요. 양 머리를 내걸고 개고기를 판다고요, 욕을 들을 게 뻔합니다.

편집자: 아니, 손해는 아닙니다. 무명 작가의 작품을 실을 땐 좋으면 좋은 대로 나쁘면 나쁜 대로 잡지에 책임이 있습니다만, 유명 작가의 작품이면 좋든 나쁘든 항상 작가가 모든 책임을 지기 때문입니다.

작가: 그렇다면 더욱 일을 맡을 수 없지 않습니까?

편집자: 하지만 당신 정도의 대작가라면 한두 편 나쁜 작품을 낸들 명성이 떨어질 걱정은 없지 않습니까?

작가: 그 말은 5엔이나 10엔쯤 도난당해도 생활이 곤란하지 않을 사람에게는 훔쳐도 괜찮다는 논리입니다. 도둑맞은 사람은 꼴이 뭐가 됩니까?

편집자: 도둑맞는다고 생각하면 불쾌하지만, 기부한다고 생각하면 참을 수 있지 않습니까?

작가: 농담을 하면 곤란합니다. 잡지사가 원고를 사러 오는 일은 장사나 다름없지 않습니까? 어떤 주장을 내세우고 있다든가 어떤 사명을 갖고 있다든가, 간판은 여러 가지겠지만요. 근데 손해를 보더라도 그 주장대로, 그 사명대로 정성을 다하는 잡지는 왜 없는 겁니까? 잡지사는 팔리는 작가라면 원고를 사고 안 팔리는 작가라면 아무리 부탁해도 사지 않는다, 그게 당연하다면 작가 역시 자신의 이익을 우선해서 원고 청탁을 거절하거나 받아들여도 되겠지요?

편집자: 아이고, 10만 독자의 희망도 생각해주시길 바랍니다.

작가: 그건 어린아이를 속이기 위한 로맨티시즘이에요. 그런 걸 진정으로 받아들이는 사람은 중학생 중에도 없을 겁니다.

편집자: 아니요, 저희는 성심성의껏 독자의 희망을 따를 작정입니다.

작가: 당신은 그러시든지요. 독자의 희망을 따르다 보면 동시에 장사도 번창하겠지요.

편집자: 그렇게 생각하시면 곤란합니다. 당신은 장사라고 말

씁하시지만, 당신에게 원고를 써달라고 하는 건 장사치라서만이 아닙니다. 실제로 당신의 작품을 좋아하기 때문입니다.

작가: 그럴지도 모르지요. 적어도 내게 글을 써달라고 하는 마음에는 어떤 호의가 섞여 있겠지요. 나같이 무른 사람은 그 정도의 호의에도 쉽게 흔들리곤 합니다. 쓸 수 없다, 쓸 수 없다 하면서도 막상 펜을 들면 쓸 의욕이 생기기도 하고요. 하지만 경솔하게 떠맡았다가는 나중에 제대로 되는 일이 없습니다. 내가 불쾌한 일을 당하지 않으면 반드시 당신이 불쾌한 일을 당합니다.

편집자: 사람은 명예나 돈이 아니라 자기를 알아주는 사람의 따뜻한 마음에 감동해 일한다고 하지 않습니까? 아무쪼록 제 정성을 알아주시지요.

작가: 꾸며낸 정성은 감동을 주지 않습니다.

편집자: 그렇게 핑계만 늘어놓지 마시고, 부디 뭔가 한 편만 써주십시오. 제 체면을 세워준다 생각하시고.

작가: 참, 난감하네요. 그럼 당신과의 문답이라도 쓰도록 하지요.

편집자: 어쩔 수 없다면 그거라도 좋습니다. 그럼 이번 달 안으로 부탁드립니다.

갑자기 두 사람 사이에 복면 쓴 사람이 등장한다.

복면 쓴 사람: (작가에게) 네놈은 한심한 녀석이구나. 훌륭한 말을 하는가 싶더니 그냥저냥 책임만 때우려고 아무거나 엉터리로 쓰려고 하다니. 나는 옛날에 발자크가 하룻밤 만에 멋진 단편 하나를 써내는 모습을 본 적이 있다. 그 녀석은 글을 쓰다가 머리에 피가 몰리면 뜨거운 물에 발을 담가 피를 내린 후 다시 썼다. 그 무시무시한 기력을 생각하면, 네놈 따위는 죽은 사람이나 마찬가지다. 설사 한순간일지라도 너는 왜 그녀석을 배우려 하지 않느냐?

(편집자에게) 네놈도 마음가짐이 좋지 않구나. 겉만 그럴싸한 원고를 싣는 일은 미국에서도 법적 문제가 되고 있다. 조금은 눈앞의 손익 외에도 높은 것이 있음을 생각해라.

편집자도 작가도 뭐라 대꾸조차 하지 못한 채 복면 쓴 사람을 멀거니 바라볼 뿐이다.

아쿠타가와 류노스케의 도쿄 다바타 자택 서재.
다바타 문인들의 모임 장소이자
그가 자살한 곳이기도 하다.

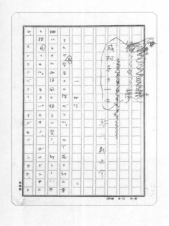

아쿠타가와의 원고

무로 사이세이室生犀星

무로 사이세이가 아쿠타가와 류노스케를 처음 만난 것은 1918년으로 시인 히나쓰 고노스케의 출판기념회에서였다. 당시 두 사람은 모두 도쿄 다바타에 살고 있었다. 이 둘 외에도 호리 다쓰오, 기쿠치 간, 구보타 만타로 등 많은 문인이 거주하며 이른바 '다바타문인촌'을 이루었는데, 1919년 '도한회'라 불리는 친목회가 만들어지면서 매주 일요일 아쿠타가와의 서재에 다바타 문인들이 모여 예술을 논하며 시간을 함께 보냈다. 무로 사이세이는 존경하는 친구였던 아쿠타가와가 자살한 뒤 그를 모델로 1932년 소설 『푸른 원숭이』, 1943년 평론 『아쿠타가와의 사람과 작품』을 선보였다.

「아쿠타가와의 원고」는 1954년 11월 잡지 『도서』에 실린 글이다.

아직 그리 친한 편은 아니었고 아마 세 번째쯤 방문한 어느 날이었다. 아쿠타가와의 서재에는 먼저 온 손님이 있었다. 손님은 어딘가의 편집자인지 아쿠타가와에게 억지로 원고를 청탁하는 중이었다. 아쿠타가와는 『중앙공론』에 보내주기로 약속한 글조차 아직 쓰지 못했다면서 강경하게 거절했다. 그 거절 방식에는 여지가 없었다.

하지만 도저히 쓸 수 없다고 딱 잘라 말하는데도 편집자는 거절당할 것을 각오하고 찾아왔는지 좀처럼 뜻을 굽히지 않았다. 가령 원고지 세 장이든 다섯 장이든 좋으니 써달라고 매달렸다. 전혀 물러날 기색이 아니었다. 아쿠타가와가 세 장 쓸 정도면 열 장 쓰겠지만 지금 재료도 없고 시간도 없어서 아무리 해도 쓸 수 없다고 거절하자 편집자는 그럼 한 장이든 두 장이든 좋으니 써달라고 애원했다. 이에 아쿠타가와가 원고지 두 장으로는 소설이 되지 않는다고 대답하자 편집자는 원래 당신 소설은 짧으니 두 장이라도 제법 괜찮은 소설이 된다, 오히려 재미있는 소설이 나올지도 모른다며 포기하지 않았다.

정말 쓸 수 없어서 곤란한 마음과 놀리는 마음을 뒤섞어 농반진반으로 도저히 안 된다고 말하는 아쿠타가와, 역시 끈덕지게 두 장 소설론을 고집하며 어떻게든 원고를 써달라고 우겨대는 편집자. 그러다 거절하는 쪽의 거절하지 않을 수 없는 속내가 점점 보이니 어떻게든 한 장이라도 쓰게 하려는 기합이, 이

온화한 젊은 편집자의 눈썹이 바르르 떨렸다.

이런 열렬한 거래를 처음으로 목격한 나는 소설가로 활동하기 전이라, 인기 작가라는 존재의 난처함과 동시에 위대함에 혀를 내둘렀다. 마침 그때 매일 연습 삼아 몰래 소설을 서너 장씩 쓰던 참이라, 두 사람의 입씨름을 보며 아쿠타가와라는 작가가 얼마나 잡지사에 소중한 사람인지 눈앞에서 새삼 확인했다. 이렇게 완고하게 거절할 수 있는 자신감이 어쩐지 무서웠다. 아쿠타가와의 거절하는 방식은 여유롭고 편안했다. 내심 망설이거나 조심하는 구석 없이 당당했다.

사실 아무리 바빠도 작가는 편집자가 찾아오면 그날의 아쿠타가와처럼 고압적인 자세로 거절하지 못할뿐더러 거절할 때도 어딘가 사죄하는 듯한 어조를 띠기 마련이다. 아쿠타가와는 강력한 명성에다 두세 장짜리 소설이라도 잡지 권말을 장식할 만한 화려함을 지녔으니, 그 편집자의 고심이 이해됐다. 끝내 편집자는 다음 호에 글을 써주겠다는 확실한 약속을 받고서야 자리를 떴다. 분노도 실망도 모르고 오직 성실하기만 한 이 편집자가 『개조』에서 지금도 근무하는 요코세키 아이조 씨라는 사실은 나중에 알았다. 예전 시대에도 이런 식의 거절 방식은 아무도 취하지 않았을 테고, 요즘 시대에도 이런 식으로 거절하는 작가는 한 명도 없을 테다.

편집자는 원고를 부탁할 땐 "제발 써주십시오"라고 말하고,

다 쓴 원고를 건네받을 땐 "감사합니다"라고 인사하며 돌아간다. 얼핏 작가가 윗사람으로 보이지만, 작가가 무서워하는 사람 가운데 한 명이 편집자다. 가장 먼저 원고를 읽고 잘 썼는지 아닌지를 판단하는 사람이라서다. 작가라는 마술사가 자신의 마술을 맨 처음 평가하는 편집자에게 엉터리 마술을 들이대는 일은 있을 수 없다. 편집자는 원고의 글자 배열을 언뜻 본 것만으로도 내용이나 작품의 깊이 등을 금세 파악하는 직감력이 뛰어나기에 방심할 수 없는 무서운 사람이다.

인기 작가 아쿠타가와 류노스케는 그 묘한 이름* 덕인지 더욱더 명성을 얻어 갔다. 그날, 아쿠타가와는 내 눈앞에서 좀 잘난 척해 보이겠다는 기세, 재료가 전혀 없기에 글을 쓸 수 없다며 거절하는 진정성, 점점 더해지는 곤혹감을 보여주었다. 요코세키 아이조 씨가 그토록 끈질기게 버틴 것은 야마모토 사네히코 사장의 엄명을 받았기 때문이리라.

『중앙공론』의 다키타 죠인 씨만큼 아쿠타가와의 원고를 즐거이 읽은 사람은 없다. 매일 세 장이든 네 장이든 저녁때 심부름꾼을 보내 원고를 가져와서는 소중히 간직하며 유명한 화가의 그림인 양 원고를 어루만졌다는 일화는 문학사에서 매우 드

---

* 류노스케龍之介는 '용의 개체'란 뜻으로 용의 해, 용의 달, 용의 날에 태어났다고 해서 그렇게 이름 지었다고 알려졌다.

문 이야기다. 손때가 묻어 조금 닳고 더러워진 원고가, 과장해 말하자면 다키타 씨에게는 어지러이 떠도는 흰 구름 사이를 헤매는 아쿠타가와의 몸으로 보였지 싶다. 당대 문학자의 원고가 얼마나 귀중한지 아는 사람이었다.

다키타 씨는 표구사에게 부탁해 아쿠타가와의 원고를 천 위에 붙인 뒤 책 한 권으로 묶어 보관했는데, 나도 한 번 본 적 있다. 그렇게 제본된 원고는 지금 어디서 누가 소유하고 있을까. 표지 제목은 분명히 아쿠타가와가 한 글자 한 글자 썼었더랬다. 다키타 씨는 그것이 훗날 몇만 금의 값어치가 나가리라는 생각을 남몰래 품고 있었을까. 실제로 지금 수만금을 쥐야 손에 들어오리라.

아쿠타가와의 원고는 잇대어 붙인 부분, 글자를 고치거나 지우거나 끼워 넣은 흔적으로 가득했다. 원고지 위에서 싸움이라도 벌인 것처럼 장렬한 느낌이 물씬 풍겼다. 붓 가는 대로 술술 써 내려가지 못한 탓에 몇 장이나 고쳐 쓴 부분도 있었다. 잘못 쓴 원고는 완성된 원고보다 매수가 훨씬 많았다. 아쿠타가와는 그걸 찢어서 없애지 않고 다시 책상 가장자리에 놓아두었다. 나쓰메 소세키 선생도 잘못 쓴 원고를 버리지 않고 간직했던 모양이니, 그에게 배웠는지도 모른다.

" 얼핏 작가가 윗사람으로 보이지만,

　작가가 무서워하는 사람 가운데

　　한 명이 편집자다. "

무로 사이세이

편집 중기

요코미쓰 리이치横光利一

『문예시대』는 1924년 10월 요코미쓰 리이치, 가와바타 야스나리, 사사키 미쓰조 등 젊은 작가들이 '새로운 생활과 새로운 문예'를 지향하며 창간했다. 창간호부터 몇 달간 편집은 가와바타 야스나리가, 1927년 5월 폐간될 때까지는 요코미쓰 리이치, 나카가와 요이치 등이 돌아가며 맡았다. 창간호에 실린 요코미쓰 리이치가 쓴 「머리 그리고 배」는 대담한 비유, 이질적인 말의 조합으로 새로운 감각을 만들었다고 평가받았는데, 이를 계기로 문예 동인들을 '신감각파'로 불렀다. 신감각파는 같은 해 6월 창간된 『문예전선』의 프롤레타리아문학파와 더불어 1930년대 중반까지 일본 문단계를 이끌었다.

「편집 중기」는 1925년 1월 『문예시대』에 실린 글이다.

신년호 편집을 맡게 된 것은 11월 6일. 곧바로 신년호 계획을 세우고 원고를 청탁하며 달음박질쳤다. 사사키 미쓰조도 나도 다른 잡지 신년호에 원고를 써야 하는 신세라 그 마감에 쫓기면서 다른 사람들을 『문예시대』 마감으로 몰아넣었다. 마감 경쟁이다. 가와바타 야스나리는 마감일이 됐는데도 원고가 오지 않으면 진짜 화딱지가 난다고 말했는데, 과연 화딱지가 난다. 부아가 치밀면서도 또 다른 사람의 부아를 돋우고 있으니 꾸짖을 수도 없는 노릇이다. 그래서 더욱더 화가 난다.

가와바타만은 정확히 마감일에 스무 매짜리 평론을 보내줬다. 문제는 착실히 보내봤자 이쪽이 원고 편집을 질질 끌어버리니 그 무책임에 가슴이 뜨끔했다. 조금 늦게 보내주는 편이 일도 잘 돌아갈 것 같았다. 가타오카 뎃페이, 나카가와 요이치, 사사키 모사쿠, 스가 다다오에게는 두 손 들었다. 아무리 기다려도 원고가 오지 않았다. 무엇을 해달라고 할까. 그래, 다음 호에 '마감일'에 관한 글을 쓰라고 해야겠다.

편집 담당이 처음인 까닭에 나는 청탁한 원고가 오지 않으면 뭘 바꿔 넣고 뭘 어떻게 해야 할지 도통 가늠이 되지 않는다. 게다가 사사키 미쓰조가 치질로 쭉 드러누워 있다. 아내가 따뜻한 곤약을 한 시간에 서른 번 정도 갈아 끼울 만큼 끙끙대는 모양이다. 그것뿐이라면 그런대로 버틸 만했지만, 때마침 마감일이 되자 한쪽 눈에 좁쌀만 한 뭔가가 나서 글씨를 쓸 수 없었다. 게다가 어찌 된 일인지 가슴까지 아파 왔다.

"폐병인가?"

"아니, 호흡기 질환은 통증만 있지 않을걸."

내가 묻자 누군가 대답했다.

"흉막염인가?"

"아니, 흉막염은 웃기만 해도 아파. 핑핑 쑤신다고."

"그래? 나는 꾹꾹 쥐는 것처럼 아파."

이걸로 겨우 폐병도 아니고 흉막염도 아닌, 이유를 알 수 없는 '꾹꾹' 아픈 병으로 판명. 안심하고 마감에 매달렸지만 어째 가슴이며 눈이 전혀 낫지 않았다. 도착한 원고는 고작 두 편. 편집하기가 싫어졌다. 다른 잡지의 2월호 마감이 곧 돌아온다. 그런가 싶었더니 우리 잡지의 2월호 계획과 원고 청탁이 기다린다. 이달 안에 2월호를 마무리하지 못하면 정월에는 인쇄소 직원이 쉬기 때문에 발행이 늦어진다. 그러면 몹시 곤란하다.

다만 기대되는 것은 순서대로 돌아가며 편집을 담당하기에 석 달만 잘 때우면 가와바타처럼 마감일에 정확히 원고를 보내는 얄궂은 짓은 그만두고 모두를 저마다 한 번씩 괴롭혀주는 일이다. 그러니 될 수 있는 한 내 차례에는 나를 마구 괴롭혀주게나. 대신 2월호에는 쓰디쓴 계획이 세워져 있다. 조만간 천천히 당신들을 호되게 들볶을 작정이니 불평 따윈 하지 말지어다.

이러는 사이 이나가키 다루호 군이 소설을 보내왔다. 나도 뭔가 수필이라도 쓸 생각이었지만 몸이 못쓰게 됐으니 편집 중 기라도 총총. 지금 원고를 청탁하는 편지조차 대필로 쓰는 정도니 무례하더라도 부디 용서해주길. 이상.

편집실에서

이토 노에伊藤野枝

1895년 후쿠오카현 출생. 어린 시절부터 문학가의 꿈을 키우다가 1912년 도쿄로 올라와 영어 교사이자 사상가였던 쓰지 준과 동거했다. 그해 가을, 일본 최초 여성 문예지 『청탑』(1911년 9월~1916년 2월)을 창간한 히라쓰카 라이초에게 편지를 보낸 것을 계기로 『청탑』에 글을 발표했다. 1914년 히라쓰카에 이어 『청탑』 편집을 맡은 뒤 '무주의, 무규칙, 무방침'을 모토로 다양한 글을 실어 정조 및 낙태 논쟁을 불러왔다. 1916년 가족을 버리고 아나키스트인 오스기 사카에와 파트너로서 창작과 평론 활동을 함께하며 『가난의 명예』, 『두 명의 혁명가』 등을 출간했다. 1923년 9월 16일 스물여덟 살에 간토대지진의 혼란 속에서 오스기 사카에와 함께 헌병에게 살해됐다.

「편집실에서」는 『청탑』에 실린 편집 후기에서 발췌한 글이다.

오랫동안 궁색한 형편 속에서 자금 조달과 서점 영업 그리고 귀찮은 잡일과 잡지 편집에 지쳐버린 히라쓰카 라이초* 씨는 10월 12일 지바현 온쥬쿠 마을로 떠나갔다. 뒤에 남겨진 나는 그 일을 죄다 혼자 해야 했다. 두 달쯤은 어떤 괴로운 일이라도 견딜 의무가 있다고, 라이초 씨는 내가 11일 회사에 갔을 때 웃으며 말했다. 나 역시 괴로워도 어쩔 수 없다고 생각했다.

하지만 막상 해보니 힘들다. 적이 당황스럽다. 상담할 사람도 없다. 도움을 청할 사람도 없다. 이럴 때 고바야시 가쓰** 씨라도 있다면…… 같은 푸념이 절로 나온다. 광고를 가지러 간다, 원고를 고른다, 인쇄소에 간다, 지물포에 간다. 해 버릇하지 않은 외출에 진이 다 빠진 채 집으로 돌아온다. 배고픈 아이가 기다린다. 책상 위에는 먹고살기 위한 재미없는 일이 놓여 있다. 틈틈이 빨래도 해야 하고 음식도 만들어야 하고 교정도 봐야 하는 상황에 갈팡질팡했다. 게다가 인쇄소가 이사하는 바람에 인쇄마저 늦어지고 말았다. 광고를 하나도 받지 않아 비웃음과 모멸을 한가득 받았다. 모든 것을 내팽개치고 싶었다.

---

* 히라스카 라이초(平塚雷鳥 1886~1971) 여성 해방운동가이자 『청탑』의 창간인. '청탑靑鞜'은 19세기 영국에서 여성 참정권을 주장하는 신여성을 지칭하던 '블루스타킹'을 한자어로 바꾼 단어다.

** 고바야시 가쓰(小林哥津 1894~1974) 1911년부터 『청탑』 편집자로 일하며 소설 「마취제」 등을 발표, 1914년 그만둔 뒤 창작 활동에 전념했다.

그런 까닭으로 이번 호는 정말 얼빠진 실수가 많지만, 한 번만 참아주시길 바랍니다. 그 대신 다음 호는 더욱더 열심히 할 테니까요. 이번부터 잡지끼리 하는 광고 교환을 그만뒀습니다. 광고문을 보내주신 분에게는 죄송하다는 말씀을 드립니다.

가쓰 씨로부터 무언가 한 편 받을 예정이었는데, 받지 못했습니다. 다음 호에 반드시 써준다고 합니다. 저도 무언가 긴 글을 쓸 작정이었건만, 앞에서 말한 이유로 바빠서 결국 쓰지 못했습니다. 아이가 없는 시간을 이용해 써야 했기에 좀처럼 완성할 수 없었습니다. 다음 호에는 꼭 싣고 싶습니다. 이 편집이 끝나는 대로 써둘 생각입니다.

오스기 사카에와 아라하타 간손* 두 사람이 발행하는 월간 『평민신문』이 나오자마자 발매 금지가 되었답니다. 그 열 장 종이에 얼마만큼 귀중한 힘이 쓰였는지를 떠올리면 눈물짓지 않을 수 없습니다. 저는 두 분의 강한 패기와 고귀한 열정에 남몰래 존경의 마음을 바치는 사람입니다. 저는 우연히 『평민신문』을 읽을 수 있었습니다.

전 지면에 약동하는 두 분의 위대한 열정과 힘을 또렷이 느꼈습니다. 주로 노동자의 자각을 이야기하는 내용이었습니다.

* 오스기 사카에(大杉栄 1885~1923), 아라하타 간손(荒畑寒村 1887~1981)은 정치가이자 저널리스트로 일본 사회주의 및 무정부주의에 큰 궤적을 남겼다.

저는 그들의 주장이 노동자만이 아니라 모든 인간에게 해당하는 이론이라고 생각합니다. 그리고 어째서 노동자를 대상으로 말할 때만 이른바 당국이 꺼리고 싫어하는지 의문이 듭니다. 당연한 말을 하고 알리는 일이 왜 해서는 안 될 일인가요? 본지에 일부만이라도 소개하고 싶었는데, 그 열 장 전부 윗사람의 비위를 거스른 모양입니다. 옮겨 실은 죄로 봉변이라도 당하면 모처럼 뼈 빠지게 일한 결과가 헛수고가 되어버리니 그만두겠습니다. 오스기, 아라하타 두 분에게 진심으로 동정이 갑니다. 어쩐지 뻔한 말이라 이상하게 들리지만 지금으로서는 다른 말을 못 찾겠습니다.

기증받은 책이 여러 권 있었는데 하나하나 읽을 틈이 없던 탓에 유감스럽게도 이번 호에 소개하지 못했습니다. 다음 달에는 만약 제가 못 할 것 같으면 지바현 온쥬쿠 마을로 보내 라이초 씨에게라도 비평해달라고 해서 꼭 소개하겠습니다. 기증해주신 분들께서는 부디 언짢아 마시고 이해해주세요.

정말로 실수투성이라 죄송할 따름입니다. 끝으로 다시 한번 머리 숙여 깊이 사과드립니다.

『청탑』1914년 11월호

지난 호가 풍기 문란이란 이유로 발매 금지되었습니다. 당국의 비위를 거스른 것은 하라다 사쓰키* 씨의 작품인 것 같습니다. 그 외에는 그럴 만한 작품이 없었으니까요. 누구나 머릿속에서 그런 생각을 꽤 한다고 여기며 하나의 훌륭한 문제를 제기하고자 잡지에 실었는데, 발매 금지가 될 줄 몰랐습니다. 부주의한 편집자라며 야단맞았습니다. 하지만 이제껏 낙태나 피임에 대한 남성의 의견은 많이 들었지만, 여성의 의견은 듣지 못했기에 궁금했습니다. 지금도 그렇게 생각합니다.

저는 일찍부터 생각한 것이 있습니다. 매달 본지에는 뭔가 문제를 제기하는 작품이 보통 한두 편 실립니다. 평소 그 문제를 인식하던 분은 글을 읽고 깊이 고민하는 반면 알아채지 못한 채 그냥 지나치는 분도 적지 않습니다. 그래서 다달이 전월호에 실린 작품 가운데 문제화할 주제를 정한 다음 다 같이 여러 방면에서 연구해서 다음 호나 다음다음 호에 발표하면 어떨까 싶습니다. 그저 혼자서 술술 읽고 재밌다고 말할 때보다 훨씬 더 바람직한 무언가를 얻지 않을까요?

하여 지난 호에서 알려드렸듯 8월 한 달은 쉬고 9월 기념호부터 이런 생각을 반영해 견실한 잡지를 내고자 합니다. 마침

---

* 「옥중의 여자가 남자에게」라는 단편소설로 일본 사회에 낙태 논쟁을 일으키는 계기가 됐다.

좋은 기회이니 9월부터 시작하도록 하지요. 9월호에는 낙태와 피임에 대한 의견을 되도록 많은 분에게 듣고 싶습니다. 일기나 감상처럼 평상시 생각하는 바를 그대로 써주시면 됩니다. 분량은 길든 짧든 상관없습니다. 부디 독자 여러분의 진지한 생각을 들려주세요.

지금껏 원고 마감이 꽤나 늦어졌는데, 앞으론 반드시 15일까지 다 모으고 싶으니 9월호 원고는 그럴 작정으로 써주시되 8월호가 쉬므로 7월 말이나 늦어도 8월 10일까지는 보내주셨으면 합니다. 기념호라 쪽수가 늘어나는 관계로 다른 달보다 일찍 인쇄에 들어가야 발행일을 맞출 수 있거든요. 저는 이번 호 잡지가 나오면 7월 중순까지 규슈 고향 집에 가 있을 예정입니다. 9월호 원고를 7월 10일 전후로 보낼 분은 아래 주소로 부탁드립니다.

후쿠오카현 이토시마군 이마주쿠무라 이토 노에.

이번 달은 저번 달 발매 금지를 보충하려고 애썼지만, 20일 전까진 여러 인쇄소를 돌아다니고 뭔가 볼일을 보느라, 20일 지나선 매일같이 속이 안 좋거나 바빠서 아무것도 쓰지 못했습니다. 7월 한 달 내내 조금 훌륭한 글을 써서 9월호에는 싣고 싶습니다. 9월에는 어떻게든 좋은 잡지를 내고야 말겠습니다.

히라쓰카 라이초 씨가 요쓰야 미나미이가마치로 이사를 했답니다. 그리고 가까스로 꾸려온 가난한 살림이 이번에 발매 금지를 먹는 바람에 더욱더 옹색해졌습니다. 구독료를 안 내신 분은 어서 내주시길 바랍니다.

오스기 사카에 씨가 고이시카와 스이도바타에서 매주 토요일 밤 프랑스문학 연구회를 개최합니다. 고등과에서는 한 회로 완결되는 소설과 각본, 연설 등을 강의하며 초등과에서는 프랑스어 기초를 가르친다고 합니다.

『청탑』1915년 7월호

" 이제껏 낙태나 피임에 대한
남성의 의견은 많이 들었지만,
여성의 의견은 듣지 못했기에
궁금했습니다. "

이토 노에

편집 여담

마키노 신이치牧野信一

마키노 신이치는 1919년 대학을 졸업하자마자 시사일보사에 입사해 잡지 『소년』과 『소녀』 편집자로 일하며 '마키노 시치로'라는 필명으로 『소녀』에 소녀소설을 썼다. 동시에 동급생 열세 명과 함께 동인지 『13인』을 창간했다. 이듬해 8월 「볼록거울」로 이름을 알리는 한편 『소녀』의 투고자였던 스즈키 세쓰와 교제를 시작했다. 「공원에 가는 길」, 「비탈길 고독 탐미」를 잇따라 발표하며 신진 작가로 인정받자 회사를 그만두고 고향인 오다와라로 내려가 결혼, 전업 작가가 됐다.

「편집 여담」은 『소년』, 『소녀』에 실린 편집 후기에서 발췌한 글이다.

입사의 변

올 7월에 입사하여 잡지 『소녀』, 『소년』을 담당하게 되었습니다. 제 마음은 지금 기쁨으로 충만합니다. 그건 독자라는 많은 친구를 얻었기 때문입니다. 정원에 핀 꽃들이 미소 짓는 것처럼 보일 만큼 싱그러운 마음으로 재미있게 일하고 있습니다. 하지만 세상일이 그렇게 술술 풀릴 리가 없지요. 특히 둥지를 막 떠나온 제가 한 일이 혹여 독자 여러분에게 불만을 사지는 않을까 심히 두렵습니다. 다만 언젠가는 노력의 결과가 진주가 되어 여러분 앞에 모습을 드러내는 날이 꼭 오리라고 굳게 믿을 따름입니다. 미래는 깁니다. 앞으로 편집자로 활동하며 예술을 쌓아 올릴 작정입니다.

1919년 8월 6일(『소녀』 9월호)

긴자의 달

편집자(드디어 자신의 일을 이렇게 말하게 되었습니다)는 매일 굉장한 기력으로 일합니다. 기개 없게 피서 따위 생각조차 안 합니다. 일하는 동안에 느끼는 상쾌함이 가장 기분 좋거든요. 조금 전까지 산처럼 쌓인 일을 하느라 밤 편집실에서 열심히 몸을 움직였습니다. 주위가 조용합니다. 드물게 창문으로 달이 보입니다. 길거리 오동나무 잎을 날리던 산들바람이 때마침 땀에 젖은 셔츠를 스쳐 갑니다. 그때의 기분이란, 뭐라고 표현해야 할지…… 다음 호에는 이 감정을 써볼까, 혼자 고개를 끄덕이며 걸어서 집으로 돌아왔습니다. 이래 보여도 저는 꽤 운동을 잘합니다. 특히 달리기는 자신 있습니다. 어떻습니까, 독자 여러분 한판 겨뤄보실래요? 야구든 테니스든 뭐든지 좋습니다! 아니면 여러분과 함께 팀을 꾸려 미국으로 원정이라도 갈까요?

1919년 9월 8일(『소년』 10월호)

밤과 공작

여러분과 친구가 된 지 정확히 반년이 되었습니다. 학생을 벗어난 바로 그날부터 명예로운 본지 편집자가 되어 너무나 기뻤습니다. 앞으로도 영원히 잡지와 함께 찬란한 봄의 꽃밭에서 살아갈 수 있을까요? 제 힘으로 가능한 일이라면, 그게 잡지에 도움 되는 일이라면 어떠한 노력도 마다하지 않겠습니다. 다행히 독자 여러분이 이래저래 친절한 말씀을 보내주십니다. 그럴 때마다 책임의 무게를 느낍니다. 새해에는 새로운 노력을 담아 여러분이 만족할 수 있도록 힘껏 일하겠습니다.

신년호가 끝나자마자 2월호 준비에 들어가서 「한탄의 공작」이란 글을 지금 쓰고 있습니다. 방을 꼭 닫고 전등을 켜고 가만히 앉아 있으면, 불빛이 인어가 사는 깊은 바닷속처럼 차분하고 환하게 빛나며 가라앉습니다. 유리창 한 장을 사이에 두고 커튼 틈으로 잠든 거리가 보입니다. 아주 추운 겨울, 유리창 안에는 공작이 날개를 펼치듯 봄날 따스함이 고요하게 숨을 내쉽니다. 이런 밤이면 언제나 아름다운 공작의 날개가 떠오릅니다.

1919년 12월 6일(『소녀』 1월호)

가는 봄

대회 때 독자 여러분을 직접 뵙게 되어 무척 기뻤습니다. 시간은 빨라서 벌써 하루가 지났네요. 벚꽃도 언젠가는 산산이 흩어져…… 이키, 마치 사쓰마 비파에 어울리는 곡조 같군요. 이제 푸른 잎 그늘 사이로 불던 산뜻한 바람이 훈훈합니다. 「한탄의 공작」에 대해 편지를 보내주신 분께는 조만간 한가해지면 답장을 쓸 생각이지만, 그만 뜻대로 안 될 수도 있으니 이 자리를 빌려 감사하단 말씀을 드립니다.

이달 편집이 끝나면 '가는 봄을 아쉬워하는 마음과 다가올 여름을 기뻐하는 마음'을 깊이 맛보고 싶으니…… 짧은 여행이라도 다녀올까 싶어 간밤에 여행안내 책자를 펼쳐봤습니다.

1920년 5월 6일(『소녀』 6월호)

두 살

여러분과 내년에 두 번째로 설날을 함께 맞이합니다. 사회에 나온 지 이제 2년째가 되는 셈입니다. 세상일에는 무지하던 제가…… 고작 두 살이 됐다고 마구 뽐낼 수는 없지요. 암요, 그렇고 말고요.

11월호에 쓴 「새파란 공원」은 단지 머리말에 불과합니다. 신년호부터 새롭게 시도하는 동화의 방식으로 맨 먼저 써 내려간 글이며, 본 줄거리는 다음 호부터 차례차례 펼쳐놓을 계획입니다. 그렇게 알고 기다려주세요.

잡지는 연말인데 아직 세상은 11월입니다. 조금 이상한 기분이 들면서도 남보다 빠르다는 게 유쾌하기도 합니다. '내년이야말로'라는 흔한 말을 쓰고 싶지 않지만, 솔직히 말해 지금 정말로 '내년이야말로'라고 생각하고 있습니다. 세월이 흐를수록 주변 일에 무뎌지기 마련입니다. 그러니 숙련과 경험을 쌓았더라도 '내년이야말로'라는 말을 해서 새롭고 상쾌한 힘과 의욕과 희망을 얻어야 합니다. 요컨대 작게 보면 우리는 매일 그런 일을 되풀이하며 자신의 이상에 가까워지기를 기대합니다.

1920년 11월 6일(『소녀』 12월호)

꿈을 얹어

설날 기분도 싹 사라지고, 잡지는 3월생 복숭아꽃 모습입니다. 분홍빛 히나마쓰리* 전날에 소라는 깜박깜박 등롱 아래서

---

* 일본에서 3월 3일에 여자아이의 행복을 기원하는 축제로 전날부터 붉은 제단 위에 히나 인형과 복숭아꽃을 장식하고 쑥떡, 백주, 소라, 조개 같은 음식을 올린다.

꿈을 꾸며 낄낄낄 운다고 하지 않습니까. 그러니 붉은 제단에 올려진 조개는 둥실둥실 조개의 나라로, 그 분홍빛 초저녁은 이슥해져 보랏빛 꿈으로…… 그리운 꿈을 더듬으며…… 자, 그다음 뭐라고 쓰면 좋으려나. 매일 밤 마음을 저 멀리 하늘로, 또 야릇하게 가까이 돌아오도록…….

　정말이지 게으름을 피울 새도 없이 편집하느라 바쁜 나날을 보내고 있습니다. 하여 이번 달에 실릴 예정이던 제 연재는 다음 달로 미뤄졌습니다. 꿈 같지만 꿈이 아닌, 진짜 같지만 진짜가 아닌, 시 같지만 시가 아닌 그런 이야기를 죽을힘을 다해 써서 다음 달이야말로 반드시……. 히나마쓰리 전날에 소라가 남몰래 흐느끼는 소리는 슬픔이 아닙니다. 노래를 부르는 게 아닐……. 이 분홍빛 초저녁 이야기는 다음 호에서 천천히 말씀드리도록 하지요.

1921년 2월 6일(『소녀』 3월호)

산이냐 바다냐

　올 여름휴가는 어디로 갈까? 바다를 좋아하고 수영을 즐기니까 그다지 멀지 않은 바닷가로 정할까? 가만, 작년에 시모우사 근처로 갔다가 무심코 바다에만 들어가 있는 바람에 글 쓰려던 계획이 죄다 물거품으로 돌아갔었지. 올해도 혹시 이 전철을 밟아 같은 꼴이 되면 어쩌나? 안 되지, 심히 곤란해. 그렇다면 산으로 할까? 산 공기 시원한 짙은 초록빛 창가에서 책을 읽으면 마음이 순식간에 무한한 선계에서 노닐 텐데. 자, 그럼 어느 산에 갈까?

어제부터 지도나 안내 책자를 차례차례 펼치며 제멋대로 이런 공상에 잠깁니다. 과연 저는 저를 어느 근방의 산속으로 데려갈 수 있을까요? 자기 일이면서도 이런 식으로 말하는 게 이상하지만, 역시 바다에 가게 되지 않을까 의심이 듭니다.

1921년 8월 8일(『소년』 9월호)

조난

방금 일어난 일입니다. 편집 여담을 쓰려고 펜을 잡았지만, 아직 바다든 산이든 가지 못한 몸이라 뭘 써야 할지 망설였습니다. 하지만 늦게 쓰면 앞에 앉은 노안의 남자가 무섭게 쏘아볼 테니, 이 일 저 일 떠올리며 뭘 쓸지 궁리하다가 뒤에 놓인 서류함에서 원고용지를 꺼내려고 몸을 비스듬히 젖혔습니다. 손은 15센티미터쯤 모자라서 닿지 않더군요. 이때 일어나서 오른쪽으로 돌아 꺼내면 좋았을 것을, 시간 경제를 중시하는 저는 그대로 앉아 책상 다리에 발끝을 걸치고 의자를 뒤로 젖히며 서류함 쪽으로 상체를 쭉 뻗었답니다. 가까스로 손끝이 서류함 뚜껑에 닿으려는 순간, 의자 다리가 미끄러지면서 발이 책상 아래를 쾅 하고 걷어찼습니다. 이리하여 튕겨진 몸은 옆 벽과 부딪혀 자빠지는가 싶었는데 다행히 손이 책상을 붙잡았습니다. 앗, 하지만 제 괴력에 이끌려 책상도 함께 와당탕!

누군가 도와주면 좋았을 것을. 이 얼마나 차가운 사람들인지요! 주위 사람들은 "아하하…… 아하하" 한바탕 웃어댈 뿐입니다. 왈칵 화가 났습니다. 그나마 잉크병이 도르르 굴러가다가 책상 모서리에서 멈췄으니 하늘이 절 버리지 않은 걸까요! 그 책상 모서리 밑에 새하얀 양복을 입은 제가 자빠져 있었거든요. 휴, 위험하기 그지없었답니다.

1921년 8월 8일(『소녀』 9월호)

펜을 쥐고

다네다 산토카 種田山頭火

다네다 산토카는 서른한 살이던 1913년 3월 하이쿠 잡지 『층운』에 처음으로 하이쿠를 투고하는 한편 와카 동인으로 활약했다. 당시 『층운』은 가인 오기와라 세이센스이가 만들던 잡지로 보다 자유로운 하이쿠와 와카를 지향했다. 계절어나 음수율 같은 정형성을 따르는 정통 하이쿠를 짓던 그에게 오기와라 세이센스이의 '자유율 하이쿠'는 신선한 충격이었다. 이후 자신의 운율을 중시하며 하이쿠와 와카를 읊기 시작했고 1916년 3월 『층운』의 첫머리를 장식하며 자유율 가인의 대명사가 됐다.

「펜을 쥐고」는 1913년 4월 와카 회람잡지 『사십 여인의 사랑』에 실린 글이다.

봄과 함께 '백양사'가 태어났다. 저 미루나무의 어린잎처럼 무럭무럭 자라나기를 기원한다. 동인 이름인 백양사는 마음에 든다(이삼 년 전 도쿄 교외에 거주하는 화가들이 같은 이름으로 모임을 만들었던 일이 기억나는데, 지금은 해체된 모양이다). 그런데 동인지 이름인 '사십 여인의 사랑'은 내용과 어울리지 않는다. 다음 호부터는 좀 더 적절한 이름을 붙였으면 좋겠다. 제멋대로 불평을 늘어놓고는 있지만, 유키나가 구노스케 군의 노고에 심심한 감사를 표한다.

편집은 돌아가며 맡았으면 한다. 저마다 다른 색깔로 꾸며져서 재미있을 것 같다. 한 사람당 잡지에 보낼 노래의 수는 최근작 열 편 내외, 한 사람이 이백 편이든 삼백 편이든 보내면 편집자가 곤란하다. 그리고 열 편 내외라면 지금 자신이 느끼는 감정을 거의 표현할 수 있고, 최근작으로 해두면 계절을 한정할 필요가 없다.

회람 기간은 우선 이삼일로 하면 어떨지. 두 번씩 돌려 보기로 했으니 그 정도 시간이면 아무리 바쁜 사람이라도 충분히 통독하리라고 생각한다. 작품 평가 투표는 하지 않는 편이 좋지 싶다. 대신 읽고 난 후 감상을 되도록 솔직하고 상세하게 써주기로 하자.

합의 사항은 이쯤에서 그만두겠다. 더 이상 말을 늘어놓으면 지루할 테니. 나머지 일은 자신의 예술적 양심에 따라 하면 된다. 앞으로 화내거나 토라지거나 울어대는 사람은 촌놈이다!

다만 한 가지, 정말 한 가지 개인적으로 염치없고 게으른 남자인 내가 미리 부탁해둘 게 있다. 만약 어떤 문제가 생겨서 여러분이 오른쪽 뺨을 맞았을 때(혹은 키스를 당할 수도 있겠지) 왼쪽 뺨마저 내주지는 못하더라도 꾹 참고 넘어가주길. 바라건대 미소를 지어 보일 정도로 아량이 있길. 천진난만한 어린애 싸움이라면 재미라도 있지만, 어른 싸움이라면 질색이다.

아무튼 이렇게 빨리 백양사가 조직되다니 기쁘기 그지없다. (강조) 오늘 아침, 잡지를 손에 들었을 때 가슴이 두근두근했다. 처음으로 뜨거운 사랑을 고백받은 소녀처럼. …… 웃지 말아 주세요. 아내도 아이도 있는 서른 먹은 남자거든요! 여러분, 다같이 귀여워집시다!

이번 호는 '봄철 뒤숭숭한 마음'이나 '젊은 슬픔' 아니면 하이칼라(조금 기분 나쁘지만)로 '스무 살의 절정에서, 서른 살의 절정으로'라고 이름 붙였어야 했다. 젊은이는 대담하게 젊은 사랑을 노래하소서. 우리 중년은 중년의 사랑을 숨김없이 그대로 노래할 테니. 음, 뭔가 좀 부족하네요. 할아버지와…… 여성이 없으니까!

나는 오래전부터 자그마한 순문예지를 발간하고픈 꿈을 마음 깊이 품고 있다. 때가 무르익으면 반드시 실행할 작정이다. 그리고 잡지의 절반을 하이쿠 동인 양조회와 와카 동인 백양사에게 바치고 싶다. 향토예술, 새로운 땅에서 싹트는 풋풋한 풀 냄새가 봄바람처럼 마음을 흔든다. 피는 봄철 바닷물처럼 끓어오른다. 하지만 그다지 큰 목소리로 말할 수는 없다. 이제껏 지방 잡지 경영에 번번이 실패했다.

봄이 왔다. 봄이 왔다고 해서 내게는 감탄사를 나열하며 귀여운 한숨을 내뱉을 만큼 젊음도 없고 또 어두운 구덩이에 던져진 듯한 우울도 없다. 그나마 모순된 자신과 다소 거리를 두고 차갑게 관조할 만한 짓궂음은 있다. 시니컬한 감정이다. 이 감정은 도스토옙스키나 스트린드베리가 아니라 체호프에 가깝다. 미소도 아니고 통곡도 아닌 웃음과 울음이 섞인. 빨강도 아니고 검정도 아닌 크림색이다.

"서른 남자에게도 봄은 기쁘다." 와타나베 하쿠센 군이 중얼거린다. "기쁘지 않을 것도 없지." 내가 대답한다. "너무 기쁘지 않아요?" 누군가 젊은 사람이 끼어든다. 이런 감정을 익살스러운 태도로 이번 호에 노래했다. 두말할 나위 없이 얼간이의 헛소리 같은 노래다.

잡록이 영 허전해 글을 덧붙여봤는데, 진지하게 읽으시면 여러분보다 제 몸이 먼저 간질간질할 겁니다!

1913년 3월 19일 밤

소식

이시카와 다쿠보쿠石川啄木

1886년 이와테현 출생. 1902년 중학교를 중퇴한 뒤 도쿄로 올라와 일본 시가 문학에 혁신을 불러온 잡지 『명성』에 투고하는 한편 동인 '신시사'에 참여했다. 1905년 열아홉 살에 첫 시집 『동경』으로 문단에 데뷔했지만, 생계를 위해 고향으로 내려가 교사로 일하기도 했다. 1908년 『명성』이 폐간되자 이듬해 기타하라 하쿠슈, 히라이데 슈 등과 함께 낭만주의 문예지 『묘성』을 창간했다. 1910년 정형성이 아닌 자율을 중시하며 솔직한 감성을 읊은 가집 『한 줌의 모래』를 펴내며 대중의 사랑을 받았다. 지금도 일본 국어 교과서에 실릴 정도. 1912년 4월 13일 스물여섯 살에 폐결핵으로 생을 마감했다. 사후 죽음을 앞둔 심정을 소박한 언어로 노래한 가집 『슬픈 완구』가 출간됐다.
「소식」은 1909년 2월 잡지 『묘성』에 실린 편집 후기다.

본지 편집은 매월 당번 한 사람이 맡기로 되어 있다. 이번 호는 소생이 편집을 담당했고, 따라서 이번 호 편집에 관한 모든 책임은 소생이 진다.

마감날까지 소생의 책상에는 원고가 겹겹이 쌓여 있었다. 의외로 원고가 많이 모이는 바람에 회계 담당자와 합의하여 예정보다 쉰 쪽 더 늘렸고, 그에 따라 잡지 가격을 올릴 수밖에 없었다. 그렇게 했음에도 원고 전부를 싣지 못해서 다음 호로 넘기거나 기고가에게 되돌려줬다. 그 작가들에게 삼가 사죄의 뜻을 전한다.

이번 호에서 단카*는 모두 6호 활자**로 찍어냈는데, 이에 대한 동인 히라노 반지리 군의 항의문이 119쪽에 실려 있다. 일단 단카 작가 여러분에게 사과의 말씀을 올린다.

히라노 군의 항의에 대해 이 지면에서 그다지 변명할 생각이 없다. 부질없는 일이라서다. 다만 그 일이 히라이데 슈 군과 합의해 이루어진 게 아니라 오로지 소생 한 사람의 독단임을 밝혀두는 바다. 히라이데 군도 어쩌면 종이를 절약하는 방법이라고 말했다면 단카를 6호로 찍어내는 일에 동의했으리라. 어찌

---

* 일본의 전통 시가문학의 하나로 5구 31음절로 되어 있다.
** 예전에 활판인쇄 시 쓰던 글자 크기 체계. 활자 호수는 최대 크기를 초호(42포인트 정도)로 정하고 그 밑으로 1호~7호까지 있었다. 7호가 가장 작았고, 이후 초호보다 큰 특호가 생겨서 제목에 주로 쓰였다.

됐든 활자 크기를 6호로 할지 안 할지는 오로지 소생의 자유였다. 왜냐하면 매달 잡지 편집은 담당자 마음대로 하기로 정했기 때문이다.

활자 크기 같은 사소한 일에까지 독자가 보는 앞에서 화를 내며 불평을 해대니, 소생 역시 그에 상응하여 푸념을 늘어놓을 자유가 있지 싶다.

소생은 첫 호에서 표현한 것처럼 소세계 주민만의 잡지인 양 시대와 아무 관계도 맺지 않는 편집 방법을 싫어한다. 이는 성격에 따른, 취미에 의한, 문예에 대한 태도와 각오와 생각에 기인하는 바가 크다. 때때로 단카 짓기는 어떤 의미에서 소생의 유희다.

『묘성』제2호를 생각대로 편집해보고 싶었다. 될 수 있는 한 지난번의 좋지 않은 부분을 이번 호에서 개선해보려고 애썼다. 하지만 끝내 거의 대부분이 생각으로만 그쳤다. 또 구어시, 현 시대 소설 등에 대해 거리낌 없이 의견을 발표하고 싶었는데, 그마저도 종이 매수의 사정으로 싣지 못했다. 유감스럽기 짝이 없다. 그저 단카를 6호 활자로 바꾼 일만이 마음을 달래준다.

자백하자면 잡록을 5호 활자로 찍어낸 것도 마지막에 붙은 소생의 「한구석에서」를 5호 활자로 찍어내기 위해서였다. 6호 활자로 찍으면 시간이 지체되니 같은 크기로 하자는 인쇄소 조판공의 말 때문은 아니다. 물론 그것은 괜찮은 구실이었다. 푸념은 여기까지.

어쨌든 매월 편집자가 바뀌기에 달마다 잡지가 다른 색을 띠므로 즐겁기 그지없다. 끝으로 아래 두 분이 잡지 발행 비용으로 쓰라고 기부해주셨다. 삼가 감사의 뜻을 표한다.

일금 5엔 - 우에하라 마사노스케 씨.

일금 1엔 - 가시와다 후키무라 씨.

『묘성』 제2호 교정을 마치고 인쇄소 2층에서

> **"** 고료 지급이나 잡지 발행이
> 미뤄진다는 소식을 알리러
> 찾아갈 때는 마음이 무거웠다. **"**

편집자 시절

우메자키 하루오 梅崎春生

우메자키 하루오는 1946년 9월 자신이 편집을 담당한 『순진』 창간호에 「사쿠라섬」을 쓰고 얼마 지나지 않아 전업 작가로 활동했다. 『군상』과 첫 인연을 맺은 작품은 미완의 연작 「해시계」로 격월로 네 번에 걸쳐 연재되다가 중지됐다. 이후 단편 「어떤 청춘」, 「S의 배경」, 「모델」을 발표하는 한편 1955년 미군 비행기지 확장에 반대하는 스나가와 주민의 이야기를 다룬 르포르타주 「스나가와」를 써서 화제를 모았다.

「편집자 시절」은 1961년 10월 잡지 『군상』에 실린 글이다.

『군상』이 창간된 것은 1946년 10월. 그 1946년에 나는 무얼 하고 있었던가. 당시 일을 적은 일기가 있지만, 지금 여행을 온 탓에 가져와 펼쳐볼 수 없다.

1946년 초, 창조사에 근무하며 『창조』라는 종합잡지 편집 일을 했다. 『창조』는 전쟁 전부터 발행되던 모양인데, 별로 신통치 않은 잡지로 판매도 신통치 않았던 것 같다. 한 달 반 정도밖에 근무하지 않아 잘은 모르지만 얼마 안 돼 폐간된 걸 보면 그랬으리라.

사장이 있고(당연하다), 회계를 담당하는 사람이 그 사장의 내연녀, 사원은 스무 명 남짓. 다들 일한다기보다는 느릿느릿 움직인다는 분위기였고 말할 것도 없이 월급도 박했다(200엔 정도). 내가 그만둔 뒤 사장의 내연녀가 "그 사람이 곧 관둘 남자라는 건 처음부터 알았어"라고 말했다는 소리를 다른 사람에게 들었다. 느릿느릿한 가운데서도 내가 가장 느릿느릿하니 일할 마음이 전혀 없음을 꿰뚫어 봤지 싶다.

어느 날, 지바현 온쥬쿠에 사는 아사미 후카시 씨로부터 엽서가 왔다. 이번에 『순진』이라는 잡지를 만들 예정인데 원고지 서른 매가량 작품을 써보지 않겠느냐는 내용이었다. 신생사에 가서 현상 공모에 낸 작품을 되찾아 아사미 씨에게 보냈다. 내친김에 어디 괜찮은 일자리가 없는지도 물었다. 그러자 아사미 씨는 답장에서 창조사라는 곳은 원고료도 제대로 지불하지 않는 회사라면서 소개장을 써줄 테니 야쿠모서점과 아카사카서점에 한번 가보라고 했다. 야쿠모서점에 가서 신죠 요시아키라 편집장을 만난 다음 아카사카서점에 가서 에구치 신이치 편집장을 만났다. 모두 합격, 이라는 것도 이상하지만 두 곳 다 출근해도 좋다고 했다.

당시 나는 메구로구 가키노키자카에 살고 있었다. 아카사카서점까지는 걸어서 20분쯤 거리였다. 그 이유로 아카사카서점에서 일하기로 결정했다. 평시 체제로 바뀐 뒤 지독한 게으름쟁이가 되었기에 만원 전철 타기가 귀찮았다. 이때 야쿠모서점을 선택했다면 운명의 진로가 약간 바뀌었을지도 모른다고, 훗날 구보타 마사후미 씨가 그곳을 무대로 해서 쓴 소설*을 읽으며 생각했다.

아카사카서점에서 출간하려던 잡지는 『호두』와 『순진』. 사장은 원래 인쇄업자로 잡지는 초심자였다. 『호두』 제2호가 나온 것은 6월께. 시를 다루는 계간지였는데 거의 팔리지 않았다. 낙담한 사장은 그 이후 호두가 싫어졌다며 먹지도 않았다. 인쇄만 하면 뭐든지 잘 팔리는 시대였음에도 역시 시 잡지가 날개 돋친 듯 팔릴 리 없었다. 그래서 『순진』 발행도 연기되었

---

* 구보타 마사후미(久保田正文 1912~2001)는 야쿠모서점에서 편집자로 일하다가 소설가가 됐는데, 그의 데뷔작인 『불꽃』을 말한다.

다. 인쇄 쪽에서 돈을 벌어 '솔직(사장은 『순진』을 그렇게 불렀다)'
을 내려고 하다 보니 좀처럼 일이 진척되지 않았다. 진척이 없
으면 마음 편히 빈둥대면 될 텐데, 『순진』 창간호에 작품을 실
을 예정이던 나는 조금 애가 달았다.

아카사카서점에 들어가서 여러 작가를 만났고, 시가 나오야
작가 집에도 가봤다. 아카사카서점은 인쇄소를 겸해서 종이나
인쇄기를 갖고 있었다. 한번은 시가 씨의 이름이 들어간 원고지
를 제작했을 때, 내가 가져다줬다. 원고지 꾸러미를 들고 도요
코선으로 시부야역까지 가서 다마가와전차로 갈아탄 다음 세
타가야구 신마치역에서 내려 시가 저택에 도착했다. 2층 객실
로 올라가서 단것을 대접받고 집에서 기르는 토끼 이야기를 들
은 뒤 밖으로 나왔다.

세타가야 신마치라니, 이제껏 한 번도 와본 적이 없다. 잠시
산책이나 하고 갈까 싶어 어슬렁어슬렁 걷는데 맞은편에 뭔가
낯익은 건물이 보였다. 거참, 저거 뭐였더라. 다가가 보니 도립
고교(지금의 도립대)다. 깜짝 놀랐다. 여기까지 지금 사는 가키노
키자카에서 곧바로 걸어서 왔으면 됐을 것을 지리를 모르니 시
부야를 거쳐 빙 돌아온 것이다. 요컨대 일부러 예각삼각형의 긴
두 변을 따라서 온 셈이랄까. 나는 아직도 도쿄 지리며 방향에
자신이 없다. 어슬렁어슬렁 걷다 보면 금방 미아가 되어버린다.

원고 청탁이나 고료를 전하러 작가를 찾아갈 때는 발걸음이

가벼웠다. 하지만 고료 지급이나 잡지 발행이 미뤄진다는 소식을 알리러 찾아갈 때는 마음이 무거웠다. "당신네 잡지는 원고료를 주지 않을 작정이야?" 바로 앞에서 욕하는 정도는 아니어도 이렇게 쏘아붙여서 난처했던 적이 몇 번인가 있다.

결국 『순진』은 1946년 9월에 세상에 나왔다. 『군상』보다 한 달 앞선 시점이다. 지금도 비정기적으로나마 계속 나오는 모양인데, 나는 그해 12월에 아카사카서점을 그만두었다. 이제 글로 먹고살 수 있을 테니 자른다고 에구치 편집장이 말했으니 '잘렸다'고 봐야 하나. 글로 먹고사는 일은 굉장히 힘들었다. 이듬해 1년은 가난의 구렁텅이에 굴러떨어져 있었다. 주문이 없진 않았건만 일찍 슬럼프에 빠져서 이후 15년간 쭉 슬럼프에 시달리고 있다.

『군상』에 최초로 글을 쓴 것은 1950년 4월호. 그 뒤 길게는 칠백 매, 짧게는 열네 매짜리 소설 열 편을 썼다. 르포르타주를 쓰기 위해 하마마쓰 항공기지와 스나가와에 갔다. 수많은 좌담회에 나가 시시한 말(때로는 훌륭한 말)을 지껄였다. 수필이나 잡문까지 합치면 이루 다 헤아릴 수 없다. 기분상으로는 매달 함께한 듯하다. 그래서 갓난아기 때 봤다가 15년 만에 다시 만났더니 너무 커서 놀랐다, 이런 느낌은 없다.

'군상'이란 이름이 처음에는 낯설어 왠지 촌스러운 동인지 명칭 같았다. 하지만 시간이 지나면서 입에 배고 점점 관록이

붙으니 전혀 이상하지 않다. 15년이란 세월의 무게가 더해진 탓도 있으리라. 이 글을 쓰는 오늘은 8월 15일, 종전일이다. 이곳 나가노현은 벌써 가을빛으로 싸리꽃, 도라지꽃, 솔체꽃이 피어 있다. 어젯밤에는 비가 내리고 천둥이 사방에서 울려 퍼졌다. 덕분에 오늘은 선선하다. 어느덧 16년이나 지났다. 『군상』도 이제 슬슬 청소년기에 접어든다고 생각하니 도대체 나는 무엇을 해왔는가, 하는 감회가 인다.

편집 당번

기시다 구니오 岸田國士

1890년 도쿄도 출생. 1917년 도쿄대 불문과에 입학해 프랑스문학과 러시아문학에 심취했다. 1919년 파리로 유학 가서 연극을 공부한 뒤 1923년 귀국, 이듬해에 희곡 「낡은 완구」를 발표하며 극작가로서 인정받았다. 1930년 『유리 하타에』를 펴내며 소설가로도 활동했다. 1936년 기쿠치 간, 가와바타 야스나리 등과 함께 『문예간담회』를 창간했다. 1937년 작가 구보타 만타로, 시시 분로쿠와 함께 극단 '문학좌'를 세우고 새로운 연극 운동을 벌이며 연출가로서 수많은 신인을 길러냈다. 1950년 미시마 유키오 등과 '구름회'을 만들어 소설가의 희곡 집필을 권유했다. 1954년 3월 4일 연극 연습 중 뇌졸중으로 쓰러져 병원에 입원, 이튿날 예순네 살의 나이로 세상을 떠났다.
「편집 당번」은 1936년 2월 잡지 『문예간담회』에 실린 글이다.

조금 귀찮은 일, 격에 맞지 않는 일이라도 모두 맡아야 한다면 나는 어찌 됐든 싫다고 말하지 않는다. 하나하나 어떤 역할이 온다는 것은 누구에게나 약간 즐거운 일이지 싶다. 인간 사회의 자연스러운 모습을 반영하는 듯도 하고, 질서 관념이 이상적으로 드러나는 듯한 느낌이 들어서일까. 그런 재미를 어렸을 때부터 즐기는 경향이 있었다. 아니, 즐기지 않으면 안 된다고 생각했는지도 모른다. 천성적으로 자신만을 남다르게 생각하는 걸 좋아하지 않는다.

그건 그렇고 자기 생각대로 잡지를 편집한다고 해도 이미 동인이 무엇을 쓸지는 정해져 있다. 게다가 부탁해도 써주지 않는 사람이 있으니 그리 마음대로 일을 진행할 수 없다. 그래도 두세 가지 주제를 골라 편집 당번으로서 책임을 다하기로 했다.

나는 이 잡지를 문학 전문 잡지 또는 문학자의 취미 잡지로 만들고 싶지 않았다. 어차피 이런 얄팍한 소책자가 뭘 계획해봤자 대단한 일을 이룰 턱이 없다. 말하고 싶은 바는 어디에서든 말할 수 있고, 말하지 못하는 바는 어디에서든 말하지 못한다. 그렇기에 이 잡지가 특별한 색채를 가지려면 작가 동료끼리만 이야기를 나누지 않을 법한, 누구든지 말할 법할 방식이 되어야 하리라.

우선 문학상에 대해. 개인적인 의견은 있지만, 상이 한두 개 생긴들 결국 그 목적을 충분히 달성할 수 없다는 예로 프랑스의 실례를 참고삼아 조사해봤다. 자료가 부족해 완벽한 보고는 아닐지언정 대충 어떤 느낌인지는 알 수 있으리라.

문학 살롱이란 주제를 고른 이유는 우리 시대와 동떨어져 보여도 그만큼 문학의 역사, 문학자의 사회적 지위를 생각하게 하는 것도 없으니 하나의 계기가 되지 않을까 싶어서였다.

문학 올림피아드 기사는 이미 문부성 주변에는 소문이 무성한데도 일반인은 물론 일본 문단의 그 누구도 알지 못하는 상황이 조금 아이러니하게 느껴졌기 때문이다. 문학자에게는 그다지 큰일은 아니지만 저널리즘 입장에서 흥취로 다루어봤다. 도쿄대 다쓰노 유타카 교수에게 원고를 의뢰한 점을 높이 평가해주길 바란다.

번역권 문제는 상식적으로 이론의 여지가 없다고 생각했는데, 구노키 신지 변호사가 전문가 관점에서 아주 독창적인 의견을 발표해주었다. 그 외 분들은 자유롭게 주제를 골라 글을 써주었다. 모두 무리하게 집필을 부탁한 형태가 되어 매우 송구스럽다.

" 자기 생각대로 잡지를 편집한다고 해도

이미 동인이 무엇을 쓸지는 정해져 있다.

게다가 부탁해도 써주지 않는 사람이 있으니

그리 마음대로 일을 진행할 수 없다. "

기시다 구니오

새하얀 지면

『반장난面白半分』

작가이자 편집자 사토 요시나오가 '재밌어서 견딜 수 없는 잡지'를 만들자며 소설가 요시유키 준노스케 등의 도움을 받아 창간한 월간지. 1972년 1월호(창간호) 96쪽, 150엔으로 3만 부 발행했으며 편집장은 반년마다 이노우에 히사시, 엔도 슈사쿠 등 당대 인기 작가들이 돌아가며 맡았다. 1972년 7월호에 나가이 가후가 썼다고 알려진 에로소설 「작은 방의 맹장지 속」(1907)을 원문 그대로 실어 외설문서 판매죄로 당시 편집장 노사카 아키유키, 발행인 사토 요시나오가 기소되었다. 소설가 마루야 사이이치가 특별 변호인으로, 유명 작가들이 증인으로 나서면서 매스컴의 주목을 받았다. 일본 사회에 '성적 표현의 자유'라는 화두를 던진 이 사건은 결국 1980년 11월 28일 유죄로 최종 판결이 났고, 이소식을 알린 12월호를 마지막으로 폐간됐다.

「새하얀 지면」은 1977년 9월 『반장난』에 실린 내용이다.

다모리 씨의 「하나모게라어의 사상」 원고는 아직 인쇄소에 도착하지 않았습니다.
백지 그대로 내보내는 점을 깊이 사죄드립니다. 편집부

タモリ氏の『ハナモゲラ語の思想』の原稿は、まだ印刷所に到着いたしません。白紙のままでお届けすることを深くお詫び申し上げます。

編集部

과월호를 희망하시는 분에게

후지모토 기이치 편집 1974년 1월호 200엔, 2~6월호 220엔

가네코 미쓰하루 편집 1974년 7~12월호 220엔

이노우에 히사시 편집 1975년 2~6월호 250엔(1월호 품절)

노사카 아키유키 편집 1975년 7·8·10~12월호 250엔, 9월호 300엔

엔도 슈사쿠 편집 1976년 1~6월호 250엔

가이코 다케시 편집 1976년 7·9~11월호 300엔, 8·12월호 330엔

다나베 세이코 편집 1977년 1~6월호 300엔

〈송료= 1권 33엔, 2권 45엔, 3권 53엔〉

쓰쓰이 야스타카 편집 1977년 7·8월호 300엔

〈송료= 1권 37엔, 2권 45엔, 3권 57엔〉

구매를 원하시는 분은 가까운 서점 또는 〒167 도쿄도 스기나미구 오키쿠보 4-26-10 『반장난』'과월호 담당자' 앞으로 송료와 함께 우편 등으로 신청해주시기 바랍니다.

バック
ナンバー
御希望の
方に

藤本義一 編集 49年1月号 200円, 2~6月号 220円
金子光晴 編集 49年7~12月号 220円
井上ひさし 編集 50年2~6月号 250円 (1月号品切れ)
野坂昭如 編集 50年7·8·10~12月号 250円, 9月号 300円
遠藤周作 編集 51年1~6月号 250円
開高 健 編集 51年7·9~11月号 300円, 8·12月号 330円
田辺聖子 編集 52年1~6月号 300円
〈送料= 1冊33円, 2冊45円, 3冊53円〉
筒井康隆 編集 52年7·8月号 300円
〈送料= 1冊37円, 2冊45円, 3冊57円〉
お申し込みは最寄りの書店, もしくは 〒167東京都杉並区荻窪 4―26―10 面白半分
「バックナンバー係」 あて, 送料同封のうえ, 切手等にてお申し込み下さい。

17

이 페이지는 인쇄 실수가 아닙니다.

このページは、印刷ミスではありません。

이 페이지는 인쇄 실수가 아닙니다.

このページは、印刷ミスではありません。

18

15쪽에서 18쪽은 인쇄 실수가 아닙니다! 오늘 다모리 씨의 원고는 마감 시간을 맞추지 못했습니다. 정말로 죄송합니다. 담당자 A(이름은 비밀입니다)는 충격이 큰 나머지 요 며칠 몸져누워 있었습니다. 그러다 조금 전 새파란 얼굴로 교정실에 나타나서 새하얀 지면을 보자마자 "헤게마게세게베게, 대머리!"라고 괴성을 지른 뒤 또 쓰러지고 말았습니다. 당분간 저 녀석은 못 쓰겠군, 중얼중얼 중얼중얼……. (쯧!)

　지금 편집부는 대혼란 상태입니다. "다모리 씨가 일부러 그런 거야." "에이, 바빠서 그만 원고 쓰는 일을 까먹은 거겠지." "음, 하나모게라어* 인종의 세력 증대를 두려워하는 권력층의 음모가 아닐까. 원고가 오는 도중 증발한 거라고." "아냐, 이번에 새로운 하나모게라어로 쓴다고 했으니 번역하는 데 시간이 걸리는 거겠지." (흥!)

1977년 9월호 편집 후기

---

* 하나모게라어는 외국어처럼 들리지만 실제 아무 뜻도 없는 가짜 외국어를 가리킨다. 개그맨이자 에세이 작가로 활약한 다모리(タモリ 1945~)가 처음 방송에서 말한 이후 하나의 개그 코드로 자리잡았다.

" 다 제대로 일을 하지 않으니

내가 얼마나

안절부절못할지 헤아려주길. "

작가 명단에서 빼버릴 테야

호리 다쓰오 堀辰雄

호리 다쓰오는 고등학교 시절 훗날 러시아문학 번역가로 명성을 떨치는 진자이 기요시를 만났다. 진자이 기요시는 어릴 적부터 수학을 좋아해 수학자를 꿈꾸던 호리 다쓰오를 문학의 길로 이끌었고, 두 사람은 평생 벗으로 지내며 여러 동인지를 함께 만들었다. 그중 『문학』은 요코미쓰 리이치를 중심으로 호리 다쓰오, 진자이 기요시, 가와바타 야스나리, 요시무라 데쓰타로 등 일곱 명의 작가가 뜻을 모아 1929년 창간했으며 1930년 3월 제6호로 종간됐다.
「작가 명단에서 빼버릴 테야」는 1929년 『문학』 편집을 담당하며 진자이 기요시에게 보낸 편지다.

진자이 기요시에게

어떻게 지내고 있어? 병 상태는 괜찮나? 나는 바빠 죽을 지경이야. 오늘 겨우 편집을 끝냈는데, 글이 의외로 쓸데없이 많이 모여서 2단짜리 원고는 다음 호로 넘겨야 한다네. 자네의 번역 원고도 어쩔 수 없이 다음 호에 싣기로 했으니 양해해주길.

그것보다 나는 빨리 자네가 소설을 썼으면 좋겠어. 아무리 생각해도 소설로 문단에 화려하게 나서는 편이 자네한테 맞지 싶어. 다들 내 의견에 찬성한다는군. 이제부터 힘을 내서 다음 호에 소설을 선보이지 않겠나? 마감은 다음 달 5일일세.

올해 대학을 졸업한 녀석이 서양문학 담당이라 프루스트의 「스완의 사랑」을 번역해 갖고 왔어. 제법 잘된 번역이어서 모두에게 동의를 얻어 잡지에 싣기로 했다네. 자네한테도 물어볼까 하다가 번역은 일에 방해가 되기 십상이니 (특히 프루스트 등은) 되도록 관여하지 않는 편이 나을 것 같아서 내 의견으로 대신했어. 자네는 어서 소설을 쓰도록 하게.

앞으로 『문학』을 통해 프루스트를 본격적으로 소개할 작정이야. 여러 가지로 자네의 조언이 필요하다네. 그리고 소설을 다 쓴 뒤에 (어쨌든 한 편을 쓰게) 누군가 프루스트 이론에 훤한 사람을 소개해줘. 나 같은 놈은 도저히 잡지 편집자를 오래 할 수 없는 사람임을 절실히 깨달았거든.

1929년 8월 15일

진자이 기요시에게

편지, 고마워. 얼굴 본 지 꽤 됐군. 나는 요즘 몸 상태가 좋지 않아 낙담하고 있어. 참, 자네의 신문사 합격을 축하하네. 월급 100엔 받으면 어서 빨리 좋은 신부님을 찾을 것. 뭔가 부러운 이야기군. 감상에 젖는 일은 무엇보다 가장 자네에게 어울리지. 노여워해서는 안 된다네.

최근 소원했던 벌로 정월이 되면 어딘가로 이삼일 여행을 가지 않겠나? 요시무라 데쓰타로도 불러 둘이서 나한테 크게 한턱내라고.

신년호에도 자네가 쓴 글을 싣지 못해서 유감이었네. 친구들이 다 제대로 일을 하지 않으니 내가 얼마나 안절부절못할지 헤아려주길. 2월호에도 글을 보내주지 않는다면 작가 명단에서 빼버릴 테야. 마감은 다음 달 5일일세. 근데 다음 달에는 여행을 가고 싶으니 이번 달 안으로 글을 써주게.

1929년 12월 2일

1931년 도쿄 무코지마 고메초에 있던
자택 서재에 앉아 있는 호리 다쓰오.

출간 연기에 대해

다니자키 준이치로谷崎潤一郎

『문장독본』은 다니자키 준이치로가 일반 독자를 대상으로 '문장을 어떻게 쓸 것인가'를 알려주는 일종의 작법책으로 1934년 11월에 출간됐다. 내용은 크게 문장이란 무엇인가, 문장 단련법, 문장의 요소로 나뉜다. 발간되자마자 선풍적인 인기를 끌며 수만 부가 팔려나갔고, 이후 1950년 가와바타 야스나리가 『신문장독본』을, 1959년 미시마 유키오가 『문장독본』을 출간하는 등 일본 출판 시장에서 하나의 장르로 자리 잡았다.

「출간 연기에 대해」는 1934년 10월 잡지 『중앙공론』에 실린 글이다.

전부터 중앙공론사에서 예고했던 『문장독본』 출간이 저의 사정 때문에 늦어져 독자에게도 출판사에도 서점에도 폐를 끼치게 된 점, 대단히 유감스럽게 생각합니다.

사실 원고는 이미 8월 상순에 완성해 넘겼습니다. 그리고 중앙공론사 출판부에서 인쇄소를 잘 독려해 8월 중순에 교정지가 나왔고 곧바로 저의 집으로 보냈습니다. 따라서 제가 훑어보기만 하면 끝이었습니다만, 교정 보던 중 불만스러운 부분이 적잖이 있는 데다 전국에서 전대미문의 주문이 들어온다는 소식을 들었습니다. 하여 더욱더 중대한 책임을 느끼고 될 수 있는 한 완벽한 책을 만들자 싶었기에 글 전체를 고쳐야겠다고 결심했습니다. 그런데 다른 중요한 임무를 마치는 데 의외로 시간이 걸리는 바람에 그만 여러분에게 누를 끼치는 결과를 낳고 말았습니다.

이런 사정으로 출간을 잠시 미루겠습니다. 지금 예정대로라면 10월 상순에는 제 손을 떠나, 늦어도 10월 중순에는 여러분에게 매서운 감정을 받을 수 있을 겁니다.

이상, 중앙공론사를 대신하여 저자로서 사죄의 말씀을 드렸습니다.

1934년 9월 19일

아무도 안 봐, 아무도.
그러니 신경 쓸 것 없잖아

『작가의 마감』은 발문도 해설도 필요 없는 책이다. 내가 좋아하는 작가들이 줄지어 나와서 이런 심약한 말들을 하고 있기 때문이다. "원고를 쓰려고 마음먹은 날이 되자 오랫동안 잊고 있던 위경련이 일었다."(사카구치 안고) "쓸 수 없는 날에는 아무리 해도 글이 써지지 않는다. 나는 집 이곳저곳을 돌아다닌다. 문득 정신을 차려보니 화장실 안이다. 아니, 볼일도 없는데 여긴 뭐 하러 들어왔지."(요코미쓰 리이치) "14일에 원고를 마감하란 분부가 있었습니다만, 14일까지는 어렵겠습니다. 17일이 일요일이니 17일 또는 18일로 합시다."(나쓰메 소세키) "열흘

이나 전부터 무엇을 쓰면 좋을지 생각했다. 왜 거절하지 않았을까."(다자이 오사무)

　원고 마감일 앞에서나 글이 막혔을 때 뭇 작가들이 보여주는 반응은, 이들의 인간적 모습을 고스란히 드러낸다. 어느 작가는 원고 마감일에 글이 풀리지 않으면 아무런 일에나 짜증을 내면서 아내와 아이에게 큰소리를 내고(다야마 가타이), 어느 작가는 책상 앞에서 빗소리를 들으며 지나간 잡지를 꺼내 본다(호조 다미오). 그리고 또 다른 어느 작가는 공원에서 잠자리를 잡으려고 쫓아다니는 아이들을 보면서 나는 왜 글을 쓰게 되었을까 자책한다(호리 다쓰오). 그 어떤 책보다, 글 쓰는 사람에게 이런 책은 참 위안이 된다. 원고지 앞에서 자신의 재능을 의심하지 않으며 마감일까지 꼬박꼬박 지키는 작가가 있다면, 그는 천재거나 인공지능일 것이기 때문이다.

　일회적인 청탁이든 연재든, 작가가 쓰는 모든 글에는 완수해야 하는 임무(청탁 내용)가 있고, 마감일이 있다. 이것은 상호 계약이기 때문에 지켜지지 않으면 안 되지만, 후자의 경우는 약간의 융통성이 주어진다. 물론 이 융통성은 편집자가 아닌 필자의 일방적인 파기로 이루어지는데, 그렇게 얻어낸 시간에 필자들은 무엇을 할까? 엘리자베스 퀴블러 로스는 불치병을 선고받은 환자가 거친다는 다섯 단계를 정식화한 바 있는데, 혹시 마감을 뭉갠 작가들이 그와 똑같은 과정을 밟고 있지 않을까? ①부정: 아무리 생각해봐도 이번 임무는 내가 잘할 수 있는 게 아니야. ②분노: 왜 이 청탁을 수락한 거야, 바보같이! ③타협: 그래도 먹고 살려면 해야 하는 일이야. 약속을 어길 수는 없어. ④우울: 대체 나는 왜 이런 일을 매번 해야 하는 걸까? 더 이상은 하고 싶지 않아. ⑤수용: 이게 내 팔자니 할 수 없지.

이 책에 실린 글 가운데 특히 유메노 규사쿠의 것은 청탁 임무를 끝내 달성하지 못하고 우울 단계에 걸려 넘어진 작가의 심경이 처절하다. "아, 어떻게 하면 좋을까? 어떻게 하면 이 곤경에서 벗어날 수 있단 말인가. 창작의 세계에서 되살아나는 일은 영영 불가능한 걸까? 그림이나 와카, 하이쿠를 짓는 것 말고 다른 살길은 없단 말인가."

마감이 코앞으로 다가오면, 나에겐 엘리자베스 퀴블러 로스가 말한 다섯 단계가 한꺼번에 들이닥친다. 그럴 때마다, 나를 ①~④의 진창으로부터 구해주는 것은 동네 목욕탕의 사우나실이다. 마감일마다, 나는 마감 시간에 거리끼지 않고 네다섯 시간씩이나 사우나실에 아무 생각 없이 앉아 있다(실은, 마감이 아닌 날도 매일 그러고 있다). 그런 다음 집으로 돌아와 지푸라기라도 잡자는 심정으로 롤랑 바르트나 움베르토 에코 등이 쓴 짧은 시론을 뒤적인다. 영감이 얻어걸리기를 바라면서. 이 과정의 결론은 내가 오랫동안 애용해온 수용으로 치닫는다. "내 글 보는 사람은 나와 편집자밖에 없어. 아무도 안 봐, 아무도 이 글을 보지 않는다고. 그러니 신경 쓸 것 없잖아." 목욕탕에서 돌아올 때 사 온 막걸리 두 병을 마시면서 드디어 글을 쓴다. 쉼 없이 주문을 외우면서. "아무도 안 봐, 아무도 안 봐." 오로지 이 주문 덕분에 나는 오늘까지 글을 쓸 수 있었다.

마감을 마치고 난 뒤의 날아갈 듯한 기분은 뭐라고 형언하기 힘들다. 어느 날, 새벽 늦게 원고를 끝마치고 잠을 자기 위해 욕실에서 양치질을 할 때였다. 양치질을 하면서 거울을 보는데, 원고를 턴 홀가분함과 자부심이 그제야 주체할 수 없이 솟구쳤다. 입에 칫솔을 문 채 안방까지 뛰어가, 마치 스카이다이버가 활공하듯이 두 팔과 두 다리를 활짝 펴고 침대로 사용하는 매트리스에 몸을 내던졌다. 곧바로 입안이 피범벅에 되었다. 칫솔이 뺨을 뚫고 나오지 않은 것이 천만다행이었다. 글을 마치고 나서 얻게 되는 마약과도 같은 황홀과 충일이 없다면 글쓰기는 물도 그늘도 없는 사막을 걷고 또 걷는 고행에 지나지 않을 것이다.

글이란 내 마음대로 써서, 내 마음대로 발표할 수 있는 게 아니다. 인터넷이 이 두 가지 자유를 마련해주었다지만, 글을 써서 고료를 받아야 하는 직업 작가들 거의 모두는 이 두 가지 자유에 괘의치 않는다. 아니, 괘의하지 않는 정도가 아니라, 실은 저 두 가지 자유를 뿌리쳐야만 한다. 직업 작가가 자기 마음대로 글을 쓰고 자기 마음대로 제 글을 발표할 수 있는 지경이면 오히려 자유를 누리는 것이 아니라, 일종의 퇴출을 맞이한 상황이라고 보아야 한다. 예를 들어, 직장인들은 출근과 업무로부터 해방되는 것이 소원이지만, 그 두 가지로부터 자유로운 사람들을 보통 '실업자'라고 한다. 바로 그런 때문에 직업 작가들은 자유가 아닌 주문 제작과 원고 마감이라는 이중 구속에 목숨(생계)을 걸게 된 것이다.

당나라 시인 이백과 두보에게 나쓰메 소세키와 다자이 오사무가 겪었던 것과 똑같은 마감 스트레스가 있었을 법하지 않다. 주문 제작과 원고 마감은 모두 출판 산업과 돈을 내고 글을 읽는 독자가 생기고부터 생겨난 절차다. 근대가 시작되면서 농민이 임금 노동자가 되었듯, 도학을 위해 문장을 짓던 동양의 문사들도 하나둘씩 고료에 목을 매달게 되었다. 『작가의 마감』에 나오는 일본의 근대 작가들이 청탁자의 주문과 마감일에 스트레스를 받으며 머리칼을 쥐어뜯곤 했던 풍경은 직업 작가의 탄생이라는 초유의 풍경과 떨어질 수 없다. 그런 뜻에서 이 책은 일본 근대 문학의 기원을 엿보게 해준다.

마지막으로 나의 졸시 「원고 청탁서를 받고」를 옮겨둔다. 시에 나오는 이런 청탁서를 받는다면 누구나 조금 무섭겠지만, 열정과 고뇌를 가진 작가라면 이까짓 청탁서를 누가 두려워하랴.

시란 무엇인가?

그것은 내가 받고 잊어버리지 못한,

변소 휴지의 효용성에서 우연히 벗어난 원고 청탁서

나는 이걸 받을 때마다 말문이 막힌다.

잡지 편집자들에게 원컨대

내게 보내는 청탁서엔 이렇게 써주오

모월 모일까지

당신을 죽여달라거나

날더러 죽으라고!

그리고 덧붙여 주서하시오

마감일을 지켜달라고!

누굴 죽일 만한

열정과 고뇌가 없는 곳엔

희망도 없는 것인가?

장정일

중쇄를 꿈꾸며

마감: 1. 하던 일을 마물러서 끝냄. 또는 그런 때.
  2. 정해진 기한의 끝.

표준국어대사전에 나와 있는 '마감'의 뜻이다. 일본어로는
'しめきり(시메키리)', 영어로는 'deadline(데드라인)'. 그 외 다
른 언어의 세계를 익히지 않았기에 뭐라고 하는지 모르겠다. 잡
지기자 시절, 마감일을 앞두고 며칠 동안 밤새 키보드를 붙잡
고 몇 자 쳤다 지우고 또 몇 자 쳤다 지우며 씨름했던 일이 기억
나서일까. 여하튼 내게 마감이란 단어는 왠지 모르게 고통스럽

다. 그런데 어째서 나는 마감을 주제로 다른 나라 작가의, 그것도 멀게는 100년 짧게는 50년 지난 글을 찾아 엮고 우리 말로 옮길 마음을 먹은 걸까?

그건 아마도 '남의 불행은 나의 행복'이라는 나쁜 마음에서 비롯됐다, 농담이고 「책장 식당」이라는 일본 드라마에서 시작됐다. 두 명의 만화가가 원고 마감 스트레스를 날려버리고자 책 속 음식을 직접 만들어 먹는 모습이 펼쳐지는 그 드라마를 보다가 '위대한 작가는 창작의 고통을 어떻게 해소했을까' 궁금해서 아오조라문고(일본 인터넷 무료 전자도서관)에 들어가 'しめきり'를 검색해봤다. 생각보다 글이 많이 없었다.

어라, 뭐지? 작가별로 일일이 찾아봐야 하나? 일단 전집 목록부터 살펴봐야겠군. 그때부터 시간이 있을 때마다 아쿠타가와 류노스케, 사카구치 안고, 나쓰메 소세키, 다니자키 준이치로, 요코미쓰 리이치, 하야시 후미코…… 작가의 숲에서 내가 원하는 나무를 찾아 헤맸다. 이건 아니야 저건 아니야 하며 고르고 고른 끝에 쉰 그루의 나무를 구해 마침내 『작가의 마감』으로 엮었다. 휴, 쉽지 않은 과정이었다. (야마모토 슈고로 조로) 용케 지치지 않고 잘 헤쳐왔구나!

작가나 작품에 대해서라면 작가 프로필이나 옮긴이 주를 통해 말하고 싶은 만큼 다 말해두었으니 여기에선 주저리주저리 떠들 필요가 없지 싶다. 다만 작가가 아니라도 사회생활을 하며 수많은 마감에 시달리는 사람이라면 누구나 공감하며 읽을 만한 책으로 꾸리고 싶은 마음에 글을 하나하나 고르고 언어를 찬찬히 매만졌음을 적어두기로 하자. 너무 무겁지 않게, 그렇지만 너무 가볍지 않게. 그러면서도 재미있기를. 아무리 명성이 높은 대작가라도 그들 역시 마감 앞에서는 의기소침해 푸념을 늘어놓고 얄팍한 술수로 상황을 모면하려는 한낱 인간에 불과했다는 통쾌(?)한 진실은 덤이다.

다자이 오사무는 "어떻게든 꾸밈없이 쓸 수 있는 경지까지 가고 싶다. 단 하나의 즐거움이다"라고 말했는데, 글을 팔아 먹고사는 장사꾼인 나는 어떻게든 『작가의 마감』이 2쇄, 3쇄, 4쇄를 찍어 지금 남몰래 마음속에 품고 있는 '작가 시리즈'를 엮고 번역하는 것이 지금 단 하나의 즐거움이다.

안은미

작가의 마감

초판 1쇄 2021년 2월 25일
초판 2쇄 2021년 4월 1일

지은이 다자이 오사무, 유메노 규사쿠, 우메자키 하루오, 호조 다미오,
기타하라 하쿠슈, 요코미쓰 리이치, 마키노 신이치, 호리 다쓰오,
다네다 산토카, 사카구치 안고, 다카무라 고타로, 나쓰메 소세키,
요시카와 에이지, 다야마 가타이, 아쿠타가와 류노스케, 무로 사이세이,
모리 오가이, 나가이 가후, 다니자키 준이치로, 기쿠치 간, 에도가와 란포,
하야시 후미코, 나오키 산주고, 이즈미 교카, 야마모토 슈고로,
미야모토 유리코, 오구마 히데오, 이토 노에, 이시카와 다쿠보쿠,
기시다 구니오, 『반장난』 편집부
엮고 옮긴이 안은미
펴낸이 이정화
펴낸곳 정은문고
등록번호 제2009-00047호 2005년 12월 27일
주소 서울시 마포구 동교로13길 60 503호
전화 02-3444-0223
팩스 02-3147-0221
이메일 jungeunbooks@naver.com
페이스북 facebook.com/jungeunbooks
블로그 blog.naver.com/jungeunbooks

ISBN 979-11-85153-39-1 03830

이 책의 저작권은 정은문고에 있습니다.
정은문고의 허락 없이는 무단 전재와 무단 복제를 금합니다.